CW01020026

UN HOMME, ÇA NE PLEURE PAS

Faïza Guène est née en 1985. Après le succès de *Kiffe kiffe demain*, best-seller traduit en vingt-six langues, elle a publié *Du rêve pour les oufs*, *Les Gens du Balto* et *Un homme, ça ne pleure pas*. Faïza Guène est également scénariste et réalisatrice.

FAÏZA GUÈNE

Un homme,
ça ne pleure pas

ROMAN

FAYARD

L'auteur a bénéficié d'une résidence de l'Agence algérienne
pour le rayonnement culturel (AARC).

© Librairie Arthème Fayard, 2014.
ISBN : 978-2-253-09988-8 – 1re publication LGF

À la mémoire de mon père.

À la mémoire d'Isabelle Seguin.

1

Ça peut toujours servir

Comme dans tous mes souvenirs, il y avait de la nourriture sur la table. Beaucoup de nourriture.

Ma mère se plaignait qu'il faisait trop chaud. Ou trop froid. En tout cas, elle se plaignait.

Le padre, lui, était décidé à monter cette fichue parabole.

Il avait affiché une expression satisfaite à l'apparition de la première chaîne arabe. On y voyait un moustachu donner les résultats d'un match de football. Il était gros et sa ceinture semblait lui couper la bedaine en deux.

Un nouveau monde était désormais possible. Des dizaines et des dizaines de chaînes défilaient sous nos yeux : *Maroc, Algérie, Tunisie, Égypte, Dubaï, Yémen, Jordanie, Qatar…* Ma mère semblait émue, le padre lui offrait enfin le voyage de noces dont elle avait toujours rêvé.

Pour moi, finies les sueurs froides au moment de la publicité pour Tahiti Douche : « Quelqu'un a vu la télécommande ?! »

Ma mère rougissait, les mains plaquées sur les joues : « Yéééé hchouma ! »

Ma sœur Mina : « Voilà ce qu'elles ont gagné, les féministes ! »

Ma mère, écœurée : « Tfou, les féministes ! »

Ma sœur Dounia : « Vous allez pas remettre ça ?! »

Avant, suite à ce genre de discussion animée, on finissait par éteindre la télévision et replonger dans un silence plombant. Mais, depuis que notre vie était tournée vers un autre satellite, ma mère ne jurait plus que par les émissions de cuisine sur Abu Dhabi TV et les feuilletons historiques turcs doublés en dialectal marocain sur 2M. L'ambiance était devenue un brin plus folklorique à la maison.

Le padre, ravi de se rendre utile, après avoir rangé ses tournevis dans la caisse à outils, avait dit en sifflant : « Et voilà le travail ! »

Il adorait bricoler, réparer et récupérer.

Surtout récupérer.

Notre jardin était devenu un genre de cimetière de la ferraille. Ça débordait de partout. De vieilles machines à laver rongées par la corrosion, de la tôle, des bancs publics, des panneaux de signalisation, une chaise d'arbitre de tennis, une dizaine de machines à écrire, l'enseigne d'une crêperie, des phares de Citroën ZX, un congélateur géant et même deux chevaux de bois, fatigués d'avoir tourné en rond.

On se demandait : « Mais comment fait-il pour transporter tous ces déchets ? » C'est simple, il trouvait le moyen !

À chaque fois qu'il apportait un nouveau joujou, ma mère faisait de l'hypertension pendant plusieurs jours : « Seigneur ! Qu'est-ce que tu vas encore faire avec ça ?! »

Il avait chaque fois la même réponse idiote : « Ça peut toujours servir ! »

Pour lui, rien n'était à jeter. Normal pour un ancien cordonnier.

« Mais non, ça ne peut pas servir ! Si des gens l'ont balancé dehors, c'est bien parce que ça ne sert plus ! Mon Dieu ! Pourquoi il me fait ça ? Amenez-moi un verre d'eau ! Vite ! Mon cœur ! Il palpite ! Un verre d'eau ! »

Ma mère grimaçait, se tenait la poitrine et avalait son verre d'eau d'une traite. Un vrai numéro de tragédienne.

Au fil des années, elle voyait son rêve de jardin à la française, de haies symétriques et de petit potager disparaître sous des amoncellements d'objets rouillés. Elle finissait par s'asseoir sur une chaise, les bras ballants, et, l'air dans le vague, regardait les fruits imprimés sur la toile cirée pendant de longues minutes.

Quand j'étais gamin, le padre disait : « Trentecinq ans à clouer des semelles ! Tac tac tac ! Toute ma vie, j'ai usé mes mains pour permettre à mes enfants de travailler avec leur tête ! »

La réussite scolaire était une chose très importante à ses yeux.

À l'arrivée du bulletin de notes, comme à son habitude : « Assieds-toi près de moi et dis-moi ce qu'il y a de marqué là-dessus avant que je signe. »

Je lui récitais une à une les moyennes sur vingt, les appréciations de l'institutrice, et lui faisais remarquer fièrement qu'il n'y avait aucun point rouge dans la colonne du comportement.

« C'est bien, mon fils. Je suis content. »

Lentement, il apposait au stylo Bic une petite signature d'illettré, tremblotante, fébrile, qui ne donnait pas le moindre indice sur son caractère bien trempé. Puis, il replaçait le capuchon sur le stylo et l'accrochait avec les autres, à la poche de sa chemise à manches courtes, comme un médecin généraliste, bien qu'il ne sache ni lire ni écrire.

Pendant des années, ça filait droit.

Le padre conduisait sa petite troupe calmement, comme au volant de sa R11 turbo de 1983.

Et puis, il y a eu les premiers virages serrés. Dounia, ma sœur aînée, s'est mise à grandir.

Je me souviens de certaines scènes. Le padre, les mains derrière le dos, lui tournant autour comme un inspecteur de la brigade criminelle en plein interrogatoire : « Où t'étais ? T'as vu l'heure ? Je vais t'apprendre, moi, à me respecter ! Tu crois que tu t'appelles Christine ?! »

Je crois que ma sœur a souvent eu envie de s'appeler Christine.

Aujourd'hui, à peu de choses près, elle s'appelle Christine.

2

Dounia

À l'adolescence, Dounia avait une meilleure amie : *Julie Guérin*. C'est à cette époque que tous les problèmes ont commencé. C'est Julie qui a enclenché le processus psychologique de « *Christinisation* » de ma sœur.

Julie plaisait à tous les garçons du lycée, elle était élancée, portait des vêtements de marque et tenait un journal intime. L'été, ses parents l'envoyaient en colonie de vacances dans le Languedoc-Roussillon. Sa mère lui permettait d'aller à des concerts le soir et d'accrocher des posters d'un groupe de chanteurs américains dans sa chambre. Je ne me souviens pas de leurs noms, mais ils étaient noirs et torse nu.

Julie avait aussi des chaussures compensées, un petit copain, un chat, une chambre qu'elle ne partageait avec personne, et elle avait même le droit d'organiser des fêtes dans le garage de son père pour ses anniversaires.

Pour Dounia, c'était le rêve absolu ! Elle était fascinée. À tel point qu'elle acceptait d'être la copine dans l'ombre, celle à qui on dit : « Tiens ! Garde-moi mon sac ! »

Il faut dire que la vie de ma sœur était tout le contraire de celle de Julie Guérin.

Dounia a porté un appareil dentaire pendant ses trois années de lycée en plus de sa paire de lunettes. Elle avait de longs cheveux bruns, très frisés, dont elle ne savait que faire et qu'elle tressait et enroulait serré. Ça se terminait par un chignon à mille tours complètement informe. En surpoids, elle dissimulait son corps sous de larges polos et des bas de joggings. Elle n'avait pas le droit de sortir, partageait sa chambre avec mon autre sœur, et il n'était question pour Dounia ni de posters, ni de petit copain, ni de vacances dans le Languedoc-Roussillon et encore moins de fêtes dans le garage. Tout ce qu'il lui restait, c'était le journal intime, oui, parce que ça, évidemment, il n'y avait pas de risque que mon père le lise.

À force de fréquenter Julie, Dounia se sentait pousser des ailes. Elle répétait : « Au moins Julie, elle a le droit de... » et « Julie, elle a trop de chance »...

Et puis, un jour : « Maman, pourquoi tu nous dis jamais "je t'aime" ? La mère de Julie, elle le lui dit tout le temps ! »

Ma mère, abasourdie, est demeurée muette. Elle avait écarquillé ses grands yeux bruns, cernés de khôl.

« Pourquoi tu dis ça ? Tu crois qu'on ne vous aime pas ? »

Dounia avait levé les yeux et haussé les épaules. Ensuite, elle a bu une gorgée de limonade, directement au goulot, chose que ma mère détestait par-dessus tout.

« Et les verres dans la cuisine, c'est pour décorer ?

— Ça va, c'est bon, j'ai pas le sida.

— Tfou ! »

Dounia devenait insolente. Et ma mère, comme toujours, sortait son arme de destruction massive personnelle : la culpabilisation.

En joue. Feu !

« Ton grand-père, c'était un révolutionnaire qui a fait la guerre pour libérer son pays ! Un homme brave ! Courageux ! On était dix enfants nourris au pain sec et on marchait pieds nus sans se plaindre ! Il suffit de regarder tout ce qu'il a fait pour nous élever ! Tu crois qu'on s'est déjà demandé s'il nous aimait ?!

— C'est bon, maman, je la connais par cœur, ton histoire ! T'avais même pas le droit de jouer dehors ! Et il t'a retirée de l'école à 13 ans ! C'est quoi, cette vie ? Un film d'horreur ?

— Ça n'a rien à voir ! C'était une autre époque ! Et s'il m'a retirée de l'école, c'est parce qu'il avait besoin de moi pour s'occuper de mes frères et sœurs. Il a fait de nous des gens bien !

— Tu crois que c'est en enfermant ses enfants qu'on en fait des gens bien ?

— Personne ne t'enferme, toi !

— Si ! Je peux jamais rien faire avec vous ! J'ai même pas le droit de porter un jean !

— C'est ça qui te rend malheureuse ? Parce qu'on ne veut pas que tu t'habilles comme un cow-boy ?

— C'est la mode ! T'y comprends rien ! Tu vois la mère de Julie, elle est jeune dans sa tête, avec sa fille, on dirait deux copines...

— Deux copiiiiiines ? »

Ma mère adore faire traîner la dernière syllabe pour souligner son étonnement, c'est son côté dramaturge.

« Tu crois que j'ai fait des enfants pour m'en faire des amis ? Tfou ! C'est pas ça, être mère ! Ça, c'est avoir peur !

— Je veux dire qu'elle est moderne, la mère de Julie ! Elle travaille dans un bureau et elle conduit une voiture !

— C'est la mère de Julie ou le père de Julie dont tu parles ? Hein ? Tu crois que j'ai envie de prendre exemple sur cette femme qui achète des cigarettes à sa fille ? Une mère qui tue son enfant ! Et qui lui emprunte ses pantalons !

— C'est normal, elles font la même taille...

— Et alors ? Je suis grosse ! Où est le problème ? Je ne suis pas mannequin ! Tu sais, quand on était réfugiés au Maroc pendant la guerre, manger de la viande, on en rêvait la nuit ! On souffrait de la faim ! Maintenant, grâce à Dieu, je suis bien portante !

— La mère de Julie, elle lui demande jamais de faire la cuisine ou la vaisselle ! On dirait qu'il y a que ça qui compte dans la vie !

— Ta sœur Mina, elle adore m'aider à la cuisine, et toi…

— Et voilà ! C'est reparti avec les comparaisons…

— Et quand tu vas te marier ?! Hein ? Tu veux que je t'envoie chez ton mari sans avoir rien appris ?

— Je m'en fiche ! Je me marierai jamais, de toute façon ! »

Un couteau de boucher enfoncé profondément sous le plexus aurait eu moins d'effet sur ma mère. Les conflits sont devenus de plus en plus fréquents. Avant ça, on n'avait jamais entendu une porte claquer à la maison. Et puis, il y a eu une période où ça claquait si souvent que mon père, furieux, a dévissé la porte de la chambre des filles pour accrocher un rideau à la place.

« Essaie de claquer le rideau, maintenant ! »

Ma mère a même pensé à faire exorciser Dounia. Elle lui a finalement interdit de traîner avec cette Julie de malheur qui lui causait tant de soucis.

« Elle est maudite, cette fille ! Maudite ! »

Après le divorce de ses parents, Julie fit une tentative de suicide, ce qui a ému tout le voisinage. À une exception près.

Ma mère promenait son petit sourire narquois sous le nez de Dounia.

« Alors tu vois ! Si la vie de ta copine Julie était si bien que tu le dis, elle n'aurait pas voulu mourir ! »

Silence pesant, regard plein de haine, virevolté de cheveux et, pour finir, départ en trombe vers la chambre sans porte.

« T'as pas de cœur, maman ! Pas de cœur !! »

S'il y avait eu une porte, c'est certain qu'elle aurait claqué de nouveau. Une séquence digne des séries mexicaines doublées en arabe dont ma mère raffole. À vrai dire, Dounia et maman n'ont rien à envier aux « *Drama Queens* » des télénovelas.

Les années suivantes, la situation avec Dounia a empiré. Le monde extérieur était plein de Julie Guérin, et les tentatives de mes parents pour retenir leur fille au sein du cocon ont toutes été vaines. Les intimidations et les punitions ne fonctionnaient plus. Ma mère, qui était pourtant si habile au jeu de la culpabilisation, avait tiré toutes ses cartouches. Les palpitations soudaines et les hausses de tension n'y changeaient rien.

On avait déjà perdu Dounia.

Le padre, lui, s'était résigné. Il préférait éviter les conflits et s'est mis à se comporter comme si sa fille n'existait plus en ne répondant même pas aux appels au secours de ma mère : « Fais quelque chose, Abdel-kader ! » Il préférait réparer les bicyclettes des enfants du quartier, terré dans sa cabane, au fond du jardin.

Dounia rentrait de plus en plus tard, sans rendre de comptes à personne, et ne racontait que très peu de choses sur sa vie. Elle ne prenait quasiment jamais ses repas à table avec nous et restait seule dans son coin, le nez dans ses livres. Studieuse, elle était toujours première en tout et, après avoir obtenu son bac avec une mention « très bien », elle a entamé des études de droit tout en trouvant le temps d'avoir un job.

La métamorphose était lancée. En quelques mois, ses rondeurs ont disparu, son appareil dentaire aussi, elle avait troqué sa paire de lunettes d'intello contre des lentilles de contact, opté pour un lissage, et avait même commencé à se maquiller. Elle était devenue distante, sèche, terne, mais je devinais déjà qu'à l'extérieur elle était une tout autre Dounia.

L'été de ses 20 ans, elle a dit ne plus vouloir nous accompagner pour les traditionnelles vacances au bled.

Cette décision a été vécue comme une vraie rupture du côté des parents. Jusque-là, ils avaient tous les deux l'espoir que ça lui passerait.

« C'est la crise de l'adolescence, ça.

— C'est quoi, ça ? Un virus ? Une maladie ?

— Tu vois, ça ne s'attrape qu'en Europe, ce genre de maladie ! Si tu ne m'avais pas amenée ici et qu'on les avait élevés en Algérie, Dounia n'aurait jamais attrapé la crise de l'adolescence !

— Oui, mais si je ne t'avais pas amenée ici, à l'heure qu'il est, tu serais en train de traire une vache, de nourrir des poules, tu laverais ton linge dans l'oued et tu irais chercher de l'eau au puits !

— Oh, arrête avec tes idées bêtes ! Tu sais bien qu'ils ne vivent plus comme ça. Ils sont mieux que nous ! Les Algériens, ce sont les Américains du Maghreb ! Tu veux savoir ce que je pense ? Si tu ne m'avais pas amenée ici, je verrais ma famille tous les jours, et dans mon jardin, j'aurais planté des citronniers et des amandiers au lieu de voir pousser des panneaux *Stop* et des machines à laver rouillées ! »

Je n'étais alors qu'un gosse occupé à jouer à la guerre de Troie dans le jardin, mais je me souviens bien que l'éloignement de ma sœur avait brisé quelque chose dans la famille.

J'aimais beaucoup Dounia, parce qu'elle me demandait mon avis sur un tas de choses et aussi parce qu'elle avait de l'oseille plein le portefeuille. Y avait tellement de billets qui en dépassaient que je la croyais millionnaire. C'est elle qui m'a acheté ma première console de jeux vidéo et qui me payait le cinéma de temps en temps.

Tout en suivant un cursus universitaire brillant, elle était serveuse dans une brasserie chic du centre-ville qui s'appelait *La Cour des Miracles.*

Un samedi, elle m'y avait emmené et m'avait fait promettre de ne rien dire aux parents. Elle ne voulait pas qu'ils l'apprennent, car elle avait des remords à l'époque. Pour mon père, qui avait pas mal d'idées arrêtées, une serveuse, c'était rien d'autre qu'une prostituée avec un plateau dans la main et un tablier autour de la taille. J'avais gardé le secret, par loyauté bien sûr, mais aussi parce que je rêvais qu'elle m'offre cette paire d'Adidas Stan Smith pour entrer au collège.

Dounia s'était fait une bande de copines qui étaient des clientes de la brasserie. Elles buvaient du vin blanc et laissaient des traces de rouge à lèvres sur les bords de leur verre. Je me rappelle qu'elles riaient tout en soufflant la fumée de leur cigarette, qui semblait envahir la salle dans ses moindres recoins. Elles portaient des jupes courtes et l'une d'entre elles n'arrêtait pas de demander à une autre : « Tu crois qu'il va me rappeler ? Hein ? Tu crois qu'il va me rappeler ? »

En somme, un groupe de Julie Guérin d'une vingtaine d'années qui avait aidé ma sœur à révéler la Christine qui sommeillait en elle.

En les observant, je m'étais dit : « Je suis sûr que ces filles ne plairaient pas à maman ! »

Et puis, en revenant des w-c, j'ai vu Dounia reposer un verre de vin précipitamment et mettre une cigarette allumée dans la main d'une des Julie assise autour de la table. Embarrassée, elle m'avait dit : « Fais pas cette tête ! » Ensuite, elle avait fait le signe « chut ! » suivi d'un clin d'œil complice. À 10 ans, ça m'avait choqué.

Après avoir quitté *La Cour des Miracles*, dans le bus, j'étais resté silencieux.

« Pourquoi tu dis rien, Mourad ?

— Pour rien.

— C'est parce que tu m'as vue boire, c'est ça ? »

Je faisais mine de m'intéresser à ce qui se passait dans le fond de l'autobus. Je me sentais trahi.

« Oui. Et fumer aussi !

— C'est de ta faute, tu pisses trop vite… Bon, t'en parles à personne, hein ? Tu le jures ?

— C'est bon, juré, je dirai rien !

— …

— Dounia ?

— Quoi ?

— Tu manges du porc, aussi ?

— Du porc ?! Ça va pas, non ! T'es malade !
— Dounia ?
— Quoi encore ?
— Tu pourras m'acheter ma paire de Stan Smith ?
— OK, j'ai pigé ! Bon, tu dis rien à personne et on va au magasin de sport dans la semaine ! »

Alors, elle m'a refait son espèce de clin d'œil complice que je commençais à détester.

Trois paires d'années ont passé. Dounia a réussi brillamment sa formation et est devenue avocate comme elle le voulait. Malgré la tension ambiante, ma mère a néanmoins souhaité nous réunir autour d'un bon repas.

La nourriture, toujours.

Sa manière à elle de fêter la réussite de sa fille. Elle était fière dans le fond, même si elle avait dit à Dounia, qui venait d'annoncer son admission au barreau de Nice, quelques jours plus tôt : « Y a pas de quoi sauter au plafond, à ton âge, tu n'es toujours pas mariée… ! »

Le poulet aux olives avait refroidi. Dounia, vexée, n'était pas venue. Ma mère était au bord du malaise, sa tension était montée à 17/6, quant au padre, il est sorti dans le jardin et s'est mis à déchiqueter nerveusement les herbes hautes qui bordaient l'allée.

C'en était trop pour ma mère. À part quelques maladresses, elle ne comprenait pas ce qu'elle avait fait pour en arriver là.

« J'ai tout fait pour rendre mes enfants heureux !
Son problème, c'est qu'elle aurait voulu naître dans
une autre famille ! Elle a toujours envié les autres !
Elle aurait aimé être une Française ! Voilà la vérité ! »

Mina, qui avait été proche de Dounia dans l'enfance, ne lui parlait quasiment plus. Elle nourrissait
de plus en plus de rancune à l'égard de cette sœur
qu'elle considérait comme la cause de tous nos ennuis.

En particulier ce jour de septembre 2001, le mardi
11 septembre 2001 exactement. J'avais 16 ans et un
léger duvet au-dessus des lèvres. Je me rappelle que
je voulais me raser ce matin-là et puis, finalement,
j'ai décidé d'attendre encore un peu pour devenir
un homme.

Toute la planète était en état de choc, et nous aussi.
Très loin de New York se jouait une scène tout aussi
dramatique, une catastrophe de grande envergure,
un genre d'attentat familial. Dans le rôle des tours
jumelles du World Trade Center, mes deux parents,
indestructibles en apparence. Et dans le rôle des dix-
neuf terroristes : Dounia.

Elle avait fait ses bagages. Dehors, devant la maison, il y avait une voiture dont le moteur tournait,
coffre ouvert. Je regardais discrètement à travers le
rideau du salon.

Assis à la place du conducteur, un genre de jeune
ténor du barreau. Il portait une montre énorme qui
devait donner l'heure jusqu'à l'autre bout de la rue,
elle pendait à son poignet poilu et maigre. Sur le nez
une paire de lunettes de soleil qu'on ne met que pour

skier. Je trouvais ça ridicule, mais ça me déstabilisait parce qu'il regardait dans ma direction et j'étais incapable de savoir s'il voyait que je le voyais. En guise de réponse, il m'avait fait un signe de la main. J'ai refermé le rideau brusquement.

« ... Lui, il me comprend, au moins ! Vous, vous ne me comprenez pas et vous ne me comprendrez jamais ! »

La voix aiguë de Dounia résonnait dans l'entrée tandis que ma mère faisait un geste avec les mains qui semblait traduire son impuissance.

Mina était tellement nerveuse que ses lèvres en tremblaient.

« Mais c'est toi qui comprends rien ! T'as pas honte de faire ça aux parents ?! Tu fais souffrir tout le monde, espèce de sale égoïste ! Fous le camp avec ton mec, sale vendue ! Et laisse-nous tranquilles ! On sera mieux sans toi !

— Ma fille ! Pourquoi tu fais ça ?! Pourquoi ?! »

Ma mère s'est tenu la poitrine si fort que j'ai cru que sa main allait s'y enfoncer jusqu'au cœur.

« De toute façon, si je m'en vais, je manquerai à personne ! Vous m'avez jamais aimée !

— C'est le diable qui te souffle des mauvaises choses ! Ne pars pas, ma fille !

— Laisse-la se barrer, maman ! Qu'elle se casse !

— Si je vous avais laissés faire, vous auriez été un frein dans ma vie ! C'est la vérité ! J'assume, je suis libre ! Je vous laisserai pas me choisir un mari ni m'enfermer dans cette maison ! »

À cet instant, la première tour est tombée. Patatras.

Mina n'était pas loin, elle a un peu amorti la chute de ma mère et a crié : « Vite, Mourad ! Un verre d'eau ! Un verre d'eau ! »

Bien sûr, il faudrait imaginer tout ça en mode télé-novelas mexicaines. Mon père, qui était resté impassible jusque-là, a fini par parler.

« Si tu sors de cette maison, tu ne reviens pas.

— De toute façon, entre vous et Daniel, j'ai choisi, c'est lui ! »

Patatras. La deuxième tour s'est effondrée. Sur un fauteuil du salon, mais ça compte quand même.

Dounia est partie, les yeux embués, sans se retourner, en traînant de tout son corps aminci une valise qui paraissait peser cent kilos. Spontanément, je me suis dirigé vers elle pour l'aider, mais mon père m'a retenu par l'épaule. Je l'ai regardée s'engouffrer dans la voiture avec la valise de cent kilos, avec Daniel, son poignet poilu et l'énorme montre qui donne l'heure jusqu'à la Lune.

Voilà comment Dounia nous a quittés après avoir attendu désespérément que mes parents adoptent la *bonne manière* de l'aimer. Personne ne l'a revue pendant près de dix ans.

3

Mina et moi

Notre grand-père paternel a vécu cent trois ans en se nourrissant de pain, de miel, de figues et d'olives. Il avait de beaux yeux bleus qui perçaient nos montagnes de l'Ouest et une barbe si blanche qu'on aurait cru du coton fraîchement récolté. Sidi Ahmed Chennoun était le plus beau vieux qu'il m'ait été donné de contempler. Il avait pour habitude de s'accroupir quand il s'adressait à nous et demandait à prendre ses repas à la table des enfants.

Il avait toujours un tas d'anecdotes. Il avait vécu suffisamment pour traverser les époques, avait vu des guerres, des monnaies changer, des ânes et des trains. Il était passé du télégramme au téléphone portable. Et surtout, il parlait français et même allemand. Quand nous étions petits, ça nous étonnait beaucoup.

Pendant nos vacances en Algérie, avec Mina, nous aimions l'observer au petit matin pratiquer ses ablutions dans la cour de la maison puis faire sa prière de l'aube.

Grand-père n'avait pas peur de mourir. Je comprends mieux pourquoi aujourd'hui, mais à l'époque je ne mesurais ni sa foi, ni son humilité. Il est mort en effet, quelques années plus tard, en se prosternant.

C'était la première fois qu'un de mes proches disparaissait. Il y avait eu ce présentateur télé qui animait un jeu sur la Une le midi. J'avais été triste, mais c'était différent.

Pour mon grand-père, je m'étais dit : « Alors tout ça s'arrête ? » en l'imaginant fermer ses beaux yeux bleus pour la dernière fois.

Sidi Ahmed Chennoun était très aimé. À ce qu'on nous a dit, des centaines de personnes sont venues à son enterrement.

Le padre était furieux de n'avoir pu y assister. C'était dans la première quinzaine de juillet et tous les vols étaient complets sur Air Algérie. Son chignon bien laqué, une employée de la compagnie tapotait sur le clavier de son ordinateur. Elle lui avait dit, tout en mâchant bruyamment un chewing-gum :

« Je suis désolée, monsieur Chennoun... il n'y a rien. Aucun siège disponible. Tous les vols sont complets. C'est dommage, si votre père était mort ne serait-ce que deux jours plus tôt, vous auriez pu trouver une place sur le vol de 12 h 55... C'est pas de chance ! »

Le padre a eu du mal à digérer.

Il avait dit à cette femme qui semblait tout ignorer

d'un deuil difficile : « Qui a bien pu t'éduquer de cette façon ? Des ânes ? Des chiens ? »

Mina, elle, a toujours été très influencée par notre grand-père. Elle est sûrement celle qui évoque son souvenir le plus souvent.

Au fond, elle a une tendresse globale pour les vieux. Adolescente, elle passait ses mercredis après-midi à jouer au Scrabble à la maison de retraite de la Colline-Fleurie, derrière l'hôtel de ville. De retour à la maison, elle sentait la laque et la friperie.

Elle y travaille désormais et traîne toujours cette odeur avec elle. Les parties de Scrabble sont les mêmes, bien que ses anciens adversaires soient tous morts.

À 20 ans, Mina a rencontré Jalil, un aide-soignant de la maison de retraite, qui n'a pas traîné pour venir demander sa main.

Pour l'occasion, il avait amené ses frères, ses parents, sa sœur, la voisine de sa mère qui l'allaitait quand il était nourrisson, son cousin par alliance et d'autres personnes dont je ne me souviens pas. D'ailleurs, on aurait pu faire entrer les Rolling Stones dans notre salon sans leur prêter la moindre attention. Il y avait un tas de voitures garées devant notre portail. Ça ressemblait au défilé militaire du 14-Juillet. Presque autant de monde et de protocole.

Mon futur beau-frère Jalil et sa famille ont apporté des plateaux de pâtisseries au miel, des cadeaux pour Mina, du tissu pour ma mère, de l'argent et du bruit. Certains agitaient leur mouchoir en chantant, d'autres de petits drapeaux algériens. Les femmes les plus âgées sortaient leur langue presque en entier pour laisser échapper des youyous aigus et impudiques. Je me rappelle que mon père avait fait une vanne en me regardant : « Attention, les cow-boys ! Voilà les Indiens qui arrivent ! » C'était sûrement pour relâcher la pression. Il avait ri et son plombage avait brillé du fond de sa bouche. Depuis le départ de Dounia, il ne riait plus beaucoup.

En plus des traditionnels stylos accrochés à la poche de sa chemise, ce jour-là, le padre avait insisté pour que ma mère lui noue sa plus belle cravate rayée, et il avait décidé de porter sa paire de lunettes témoins, celle avec les verres en plastique, offertes par notre voisin pharmacien.

Je précise qu'il n'avait aucun problème de vue. Il les portait au bout du nez, et agrémentées d'un air supérieur, c'était un peu sa panoplie d'homme important et respectable. Il utilisait ces accessoires lorsqu'il se rendait dans une administration, aux réunions de l'école, dans une agence de voyages ou pour un jour exceptionnel comme celui-là.

Je l'ai regardé avec sa petite veste en tweed, serrée aux épaules, et me suis dit qu'il aurait voulu être ce type-là. Un genre de docteur en arithmétique, snob et presbyte, qui se sentait à son aise partout et avait de l'aplomb en face de n'importe qui.

Je reconnais qu'il a fait de son mieux pour impressionner la belle-famille de Mina, mais son naturel blagueur n'avait pas tardé à réapparaître. Il avait monopolisé la parole tout l'après-midi et raconté un tas d'anecdotes gênantes qui ont rendu ma mère rouge de honte. Aussitôt après leur départ, elle l'avait sermonné, et comme d'habitude, ça avait duré des heures.

« Toujours à mettre la h'chouma sur mon visage. Un vrai moulin à paroles !

— Quelle h'chouma ? Tu plaisantes ? Ils en redemandaient, oui !

— Ils sont trop bien éduqués pour le dire, mais ils n'en pouvaient plus de tes blagues et de tes histoires à dormir debout !

— Ils les ont adorées au contraire ! Heureusement que j'étais là pour les distraire, sinon tout le monde serait mort d'ennui avec toi !

— Tu ne m'as même pas laissée en placer une ! Tu n'as pas respiré de la journée ! À peine tu finissais une histoire que tu en commençais une nouvelle ! Tu leur as donné soif tellement tu as parlé !

— Pfff… Presque trente ans de mariage pour m'apercevoir de ta jalousie ! C'est dommage !

— Est-ce que tu étais vraiment obligé de raconter tes trafics de compteur de taxi en Algérie ? Ou la mule que tu as vendue quinze mille dinars à ces pauvres Allemands ?

— Ha ha ha ! Oui, ils ont tellement ri quand j'ai raconté l'histoire des Allemands ! D'ailleurs, c'est grâce à cette arnaque que j'ai pu payer notre mariage !

— Et tu en es fier ? C'est notre mariage qui est une arnaque, tu veux dire ! La mule, c'est moi, d'avoir accepté de t'épouser ! Tfou ! Je ne sais même pas s'ils vont revenir, avec toutes les bêtises que tu as racontées ! À cause de toi, Mina va finir vieille fille ! »

Mes parents ont toujours été fous l'un de l'autre. Ces petites joutes verbales pimentaient leur quotidien comme une pointe de harissa viendrait relever un plat un peu fade. C'est drôle quand on pense qu'ils se sont mariés sans s'être jamais vus auparavant.

Le moins que l'on puisse dire au sujet de Mina, c'est qu'elle avait choisi d'emprunter une route différente de celle de Dounia. On croirait qu'elle s'était juré de faire tout le contraire. Je la soupçonne d'avoir vécu avec la crainte de décevoir nos parents à son tour. Pour elle, la famille, c'est sacré.

Je revois le jour où l'imam a procédé à son union religieuse. Aujourd'hui, ils ont trois enfants. Une fille et deux garçons : Khadija, Mohamed et Abou Bakr.

Ma mère dit qu'ils ont la baraka : « Dieu leur a donné des facilités. Mina est fertile ! »

D'ailleurs, quand Mina lui a annoncé sa troisième grossesse, elle lui a répondu : « Hamdoulilah ! C'est une bonne nouvelle ! Mais, ma fille, dis-moi, qu'est-ce que tu manges ? Du terreau ? »

Ils ont emménagé à deux rues de la maison. Jalil sait combien Mina a besoin de rester proche de ma mère. Et vice versa.

Au fil du temps, elle était devenue la nouvelle sœur aînée. Elle avait obtenu son diplôme d'aide-soignante en gériatrie par amour pour le troisième âge et, lorsqu'elle a repris le travail, elle laissait les enfants en garde à leur grand-mère, ce qui ne pouvait que ravir cette dernière.

On avait trouvé un équilibre. Sans l'Autre. C'est

comme ça qu'on parlait d'elle désormais, les rares fois où on parlait encore d'elle.

Quant à moi, après un an à travailler comme un enfant chinois dans le fond d'une usine Nike, péniblement mais sans espérance, j'ai enfin décroché le Capes. Certificat d'aptitude au professorat de l'enseignement du second degré. Je décortique le sigle pour en prendre toute la mesure.

Bordel. C'est quand même pas rien.

C'était le 7 juillet. Ma mère faisait frire des aubergines. L'odeur de l'huile se répandait partout, elle imprégnait jusqu'aux fibres de mon tee-shirt déjà plein de ma moiteur. J'étais connecté sur Publinet. Le verdict devait être rendu à midi, mais toujours rien. Chaque minute, mon index tremblant cliquait pour réactualiser la page des résultats. Ça a duré un bon moment, où je suis resté comme ça, à fixer l'écran, les pupilles dilatées comme un junkie après sa dose.

C'est rare, une montée d'adrénaline pareille, pour un mec sans histoires, comme moi.

Et puis, j'ai enfin vu mon nom apparaître. Je ne l'ai jamais trouvé aussi beau, mon nom. Je me suis levé lentement, en silence, et j'ai pleuré en me frottant le dessus du crâne. J'ai vite essuyé mes larmes. Le padre dit qu'un homme, ça ne pleure pas, et ça m'était resté dans la tête.

Mon nom suivi de la mention « admis », c'était rassurant. J'allais devenir quelqu'un qui fait quelque chose de sa vie.

Je pourrais enfin effacer ce film angoissant qui me hante. Ce cauchemar où je n'ai aucune vie sociale, ni métier ni amis.

Dans cette vision, je suis un vieil obèse triste et j'ai les cheveux poivre et sel. Je me baigne dans de l'huile de friture et je vis toujours dans la maison de mes parents à plus de 50 ans. Ma mère lave mes slips à la main et elle me coupe les ongles de pieds, car je suis devenu trop gros et trop paresseux pour m'en occuper moi-même. Je passe mon temps à relire des livres que j'ai déjà lus, car il m'est devenu bien trop pénible de traîner dehors mon corps gras pour en emprunter de nouveaux à la bibliothèque.

J'ai chassé cette image ignoble. Et j'ai prié Dieu de m'épargner les cheveux poivre et sel.

La solitude m'avait conduit à aimer les lettres, j'allais donc enseigner le français.

Ma mère a voulu qu'on organise un grand repas pour fêter mon succès.

La nourriture, toujours.

Elle a proposé de préparer un couscous. Je me rappelle m'être demandé si elle évitait le poulet aux olives par superstition.

À ma grande surprise, ma mère m'a dit : « Tu devrais inviter tes amis ! » L'ennui, c'est que je n'en avais pas.

Il y avait bien Raoul Wong. Un ancien camarade de classe. L'un des rares copains d'école à avoir trouvé grâce à ses yeux dans le temps.

« C'est bien, d'avoir un copain chinois ! Les

Chinois, ils travaillent bien et ils n'empruntent pas
les stylos des autres. J'ai remarqué qu'ils sont calmes,
propres, et jamais tu ne les vois dehors à traîner. En
plus, ils sont forts en ordinateur ! Et dans quelques
années, ils auront le pouvoir, ils battront les Américains et tout le monde parlera chinois ! Tu verras ! »

Malheureusement pour moi, Raoul Wong a démé-
nagé l'été dernier.

« Alors Mourad ? Tu as décidé combien de personnes tu veux inviter ?

— Pas encore, maman. Je vais réfléchir.

— Dis-moi à peu près… dix, vingt, trente ?

— Je sais pas encore, maman. »

Je gagnais du temps. Et si j'invitais vingt inconnus
piochés au hasard sur le Net ?

Ma mère souffrait de me voir seul. Elle m'a cru,
tour à tour, peureux, atteint d'un trouble de la per-
sonnalité, homosexuel.

Rien de tout ça. J'étais seul. Point. Je m'étais fait
une raison. Je crois qu'elle n'a jamais réalisé qu'elle
tenait le premier rôle dans l'histoire de ce repli. Personne n'est solitaire de nature.

À part Raoul Wong, ma mère n'a donc jamais aimé
mes copains. Elle les critiquait tous jusqu'à m'en
dégoûter. Quant aux filles, n'en parlons pas. Rien ni
personne n'était assez bien pour son fils.

Un jour, un garçon du lycée, Harry, est venu à
la maison avec sa Super Nintendo pour faire une
partie de Donkey Kong Country. J'avais demandé la
permission au padre.

Harry était très populaire. Il s'habillait bien et faisait rire tout le monde. Qu'il accepte de venir chez moi avec sa console était inespéré.

Si un jour on me distinguait en m'accrochant une médaille au veston sous les ors de la république, je serais probablement moins ému que ce mercredi après-midi où j'ai vu Harry sur le seuil de notre maison.

Quand on a traversé le salon, Harry a dit : « Il y a trop de fausses fleurs chez vous. » Je ne l'ai pas mal pris. L'euphorie sans doute.

Très sérieusement, il m'a expliqué les fonctionnalités de la manette avant de démarrer le jeu. Je n'arrêtais pas de perdre, de tomber dans des ravins et de me faire ratatiner par des ennemis à deux têtes.

Je jouais comme un pied, ce qui agaçait Harry par moments, mais j'étais heureux, je me suis amusé comme un petit fou.

Ça n'a duré qu'une heure, ensuite, ma mère est entrée dans la chambre, furieuse.

« Allez ! Ça suffit, les jeux ! On éteint tout ! Harry, il faut rentrer chez toi ! Mourad doit faire ses devoirs ! Toi, tes parents, ils lisent bien le français, ils pourront t'aider pour réviser le bac, pour trouver un stage, un travail, un logement. Mourad, il a du pain sur la planche, lui. Il devra se démener deux fois plus que toi ! Allez, on débranche tout ! »

Puis elle a baissé les yeux et a regardé les pieds de Harry.

« En plus, tu n'as même pas retiré tes chaussures ! Personne ne t'a appris qu'on se déchausse avant d'entrer chez les gens ? Tfou ! C'est parce que vous avez une femme de ménage chez vous ?

— Non, madame.

— Alors ça ne doit pas être très propre ! »

Le pauvre était pétrifié. Il a fourré sa console dans son sac à dos et a déguerpi. Je suis resté là sans rien dire. Mes genoux tremblaient un peu.

Évidemment, Harry n'est jamais revenu à la maison et, quand on se croisait dans les couloirs du lycée, il me regardait avec pitié, mais ne m'adressait plus la parole. Il a dû faire des cauchemars de ma mère. Sur le mode film d'horreur.

Séquence I – Intérieur nuit – Silence de mort. Sur fond de fleurs en plastique, une femme en surpoids hystérique entre dans la chambre comme une jument condamnée à l'injection. Son foulard mauve est mal ajusté sur sa tête et elle tient une louche à la main, prête à s'en servir comme d'une arme.

Elle avait fait des crêpes *mille trous* ce jour-là.

Quand je me suis retrouvé seul, je n'ai pas voulu qu'on m'entende pleurer, alors j'ai plongé la figure dans ma taie d'oreiller. Oui, le padre m'avait définitivement fourré ça dans le crâne : un homme, ça ne pleure pas.

Comme un soulagement, il est rentré à la maison peu de temps après et il avait bien senti que quelque chose s'était passé.

Peut-être les crêpes avaient-elles un arrière-goût. Il m'a fait cracher le morceau sans difficulté. C'est sans doute la seule fois où je l'ai vu vraiment en colère contre ma mère. Il trouvait ça honteux.

« Tu te rends compte ? Et les parents du petit ? Qu'est-ce qu'ils vont penser ? Ils vont nous prendre pour des sauvages sans éducation !!

— Leur fils doit déjà avoir un compte épargne bien rempli ! Ils s'en ficheront.

— Qu'est-ce que tu racontes ?! En plus, tu joues la forte tête ! Tu ne vois pas que tu le rends malheureux. Il a 16 ans ! Ce n'est plus un bébé ! Tu veux qu'il nous quitte à son tour ?! À ce rythme-là, à 18 ans, il aura fait ses valises ! Et faudra pas te plaindre ! Tu veux tous les faire fuir ?

— Qu'est-ce que tu essaies de dire ? Vas-y, dis le fond de ta pensée…

— Tu as très bien compris !

— Je n'ai qu'un fils ! Un seul ! Je veux qu'il se concentre sur son avenir ! Je ne veux pas qu'il ait de mauvaises fréquentations ! C'est un crime ?

— Mauvaise fréquentation ? Le garçon a amené un jeu vidéo ! À t'écouter, on dirait que tu les as surpris en train de vendre de la drogue !

— Eh bah, ça commence par les jeux vidéo, ensuite c'est de la drogue dans des seringues et des gardes à vue ! Tu me reproches de vouloir le meilleur pour mon enfant ? Hein ? Je suis une mauvaise mère, d'après toi ? »

En guise de réponse, le padre s'est tapoté la tempe avec l'index, comme pour dire : tu es folle. Ma mère, hors d'elle, est retournée à ses fourneaux en hoquetant, les larmes lui coulant dans le cou.

Voilà pourquoi je ne protestais pas. Je ne protestais jamais. De peur de voir surgir des palpitations, une hausse de tension, de l'hyperglycémie, ou un quelconque autre drame.

J'ai appris à rester seul. J'ai même trouvé mon plaisir dans l'ennui, parfois.

Le week-end, s'il faisait beau temps, je préférais me percher sur la chaise d'arbitre du padre, au fond du jardin, pour bouquiner, plutôt que de sortir en ville.

Je lisais des heures entières. Surtout l'été.

Le soleil venait percuter mon front. Je lisais jusqu'à ce que je n'en puisse plus et que je décide de descendre me servir de la citronnade maison.

Et puis, avec les années, je me suis isolé. J'ai même fini par penser que ma mère n'avait pas tout à fait tort.

C'est vrai, après tout, les gars de mon âge ne pensent qu'à forniquer sur la banquette arrière de leur Twingo trois portes, ornée d'un A « jeune conducteur ». Ils aiment organiser des soirées dans des appartements, le genre de soirée où il y a toujours une fille timide qui mordille le bord de son gobelet en attendant qu'on la drague.

À part les tarifs étudiants, je voyais bien que j'avais peu de choses en commun avec mes camarades.

J'étais à l'écart et je les observais en les imaginant dans vingt ans, sous crédit immobilier, roulant dans un break familial, et pensant à la manière dont ils demanderaient leur prochaine augmentation de salaire, quitte à flatter un patron hautain et bedonnant.

Je ne me faisais plus beaucoup d'illusions, il était peu probable qu'on m'affecte dans le coin.

L'académie de Nice était l'un des souhaits les plus récurrents des professeurs de l'Éducation nationale. On privilégiait les anciens, les gens mariés, les parents, ceux qui sont tout ça à la fois surtout.

Ça doit être pareil dans la police. C'est comme ça qu'un gars à l'accent marseillais se retrouve collé au bitume triste d'un quartier du 93 et donne à un contrôle d'identité qui tourne mal une saveur provençale.

Le padre était inquiet de me voir quitter le Sud à la rentrée suivante.

« En Seine-Saint-Denis, il y a un gamin de 12 ans qui a poignardé son professeur d'histoire-géographie à cause d'une mauvaise note ! Tu te rends compte ? »

Et ma mère qui en rajoutait.

« Si j'avais su que tu deviendrais professeur, on serait retournés en Algérie après la retraite de votre père. Là-bas, les enseignants sont respectés, au moins…

— Respectés ? Avec trente mille dinars par mois ? C'est moins qu'un gendarme qui fait la circulation ! Tu dis n'importe quoi, Djamila !

— Je ne parle pas du salaire ! Je parle des élèves ! En Algérie, un élève n'agresserait pas son instituteur en lui jetant un livre ou des morceaux de craie au visage comme ils le font ici !

— Bien sûr qu'il ne lui jetterait pas ! Il n'y a ni livres ni craies !

— N'importe quoi ! Toujours à exagérer ! Tfou ! »

Je me sentais coupable à chaque fois que je leur causais du souci. Dans la famille, seule Mina n'a jamais fait de vagues.

« Comment j'étais, maman, quand j'étais petite ?

— Pourquoi tu veux savoir ça ?

— Oh, par curiosité. Parfois les enfants me demandent, tu sais.

— Je ne sais plus, *benti,* tu étais gentille. Comme maintenant. Tu étais bien.

— Je faisais jamais de bêtises ?

— Non. Tu ne faisais pas tellement de bêtises. Tu étais sage.

— Et à l'école, j'étais jamais punie ?

— Non. Je réfléchis, mais non, tu n'étais pas punie. Tu étais gentille aussi, à l'école. Tes professeurs disaient toujours : "Y a rien à dire !" Mourad, par contre, il était tout le temps puni, ça oui ! Un jour, il est monté sur le toit de l'école primaire, il est resté des heures là-haut, perché comme un chat ! La directrice m'a téléphoné ! Je me souviens, mon cœur palpitait, il allait sortir de ma poitrine ! Elle m'a dit : "Madame Chennoun, je voulais savoir pourquoi Mourad n'est pas en classe aujourd'hui ?" J'ai répondu : "Comment ça, il n'est pas venu en classe ? Bien sûr qu'il est en classe, je l'ai déposé à l'école à 8 heures ce matin !"

Oh, mon Dieu, je n'oublierai jamais ce jour ! On a fait une alerte enlèvement ! J'ai pensé à ces hommes qui ouvrent leur manteau devant les écoles. Je me suis dit : ce Mourad est tellement naïf, il a dû accepter des bonbons d'un inconnu et monter dans une camionnette blanche ! Les gendarmes ont retourné tout le quartier. Et puis, on l'a retrouvé vers 22 heures sur le toit de l'école, endormi. J'ai crié ! Quelle honte ! Les gens ont dû penser : "Ils n'ont pas de lit chez eux !"

— Oui, je me souviens, maman, l'histoire est passée dans le journal régional à la télé et tu l'as enregistré pour envoyer la cassette en Algérie…

— Ah, bah oui, c'est normal, c'est la première fois que quelqu'un de notre famille passait à la télévision. »

4

L'article

Je n'étais plus le seul de la famille à intéresser la presse.

En rentrant du marché couvert ce matin-là, le padre avait un air contrarié et j'ai deviné qu'il ne s'agissait pas d'un problème de tomates au kilo. Il avait déboutonné son manteau kaki et ôté sa chachiya en fourrure noire, fébrilement.

J'ai toujours trouvé que l'hiver lui donnait l'allure d'un colonel de l'armée russe.

Les sourcils froncés, il m'a tendu le journal qu'il avait pris soin de plier en quatre et de ranger dans la poche intérieure de sa veste.

« Regarde ça. »

C'était *Nice Matin*. En couverture, dans un encart en bas à gauche, la photo de ma sœur Dounia. La première chose qui m'a frappé, c'est qu'elle s'était coupé les cheveux très court. Ça lui allait plutôt bien.

« Alors ? Pourquoi il y a sa photo dans le journal ? Elle est morte ? »

J'ai regardé la figure pétrifiée de mon père et j'ai réalisé qu'il n'était pas contrarié mais fou d'inquiétude.

« Non, papa. Elle n'est pas morte. »

Ses yeux ont dit « ouf », mais sa bouche a dit : « De toute façon, c'est comme si elle était morte pour moi… »

Après un long silence, il a ajouté : « Qu'est-ce qu'il y a de marqué sur elle ? Lis pour moi. »

Il n'y avait qu'un court paragraphe. Et la photo.

« Lis avec l'accent de journaliste. »

Le padre me sollicitait chaque fois qu'il fallait lire quelque chose ; les ordonnances du docteur Zerbib, un tract de la CGT, les articles de *Bien vieillir*, un mensuel gratuit, les courriers de la banque, et même les catalogues de promotions du supermarché.

Et pour chacun de ces documents, si différents qu'ils soient, il tenait absolument à ce que je les lise « avec un accent de journaliste ».

En titre : *Avec sa nouvelle liste, l'équipe municipale ose la diversité.*

Plus bas.

Lumière sur Dounia Chennoun, l'atout du maire Yves Peplinski, qui envisage sans doute de séduire un nouvel électorat en vue de sa réélection. La jeune femme, issue de l'immigration algérienne, est une avocate de 36 ans, ambitieuse et déterminée. Après s'être

*engagée au côté de l'association féministe controversée
« Fières et pas connes », gageons que c'est le début
d'une carrière politique prometteuse.*

*N'oubliez pas de vous inscrire sur les listes électo-
rales avant le samedi 31 décembre bla bla bla bla…*

« Quoi bla bla bla ? C'est tout ?

— Oui, c'est tout, papa.

— Pourquoi ils ont écrit "issue de l'immigration" ?
Pourquoi ils n'ont pas mis seulement "avocate" ? »

On a entendu ma mère faire tourner les clefs dans
la serrure. Avec Mina et les enfants, elle revenait de la
kermesse de l'école. Mohamed et Abou Bakr étaient
maquillés en tigre et Khadija en coccinelle.

« … Comment ça se rince ? Mon évier va être
dégoûtant quand on vous lavera la figure !

— Laisse ! Je m'en occupe, maman !

— Merci *benti* ! »

Les petits ont embrassé le padre.

Avec des couleurs vives sur la figure, mi-tigre, mi-
coccinelle, il s'est tourné vers moi et ses yeux ont dit :
« On garde l'information secrète ! »

Oui, le padre a les yeux qui parlent.

J'ai replié discrètement le journal et l'ai fourré dans
la poche de mon jean. Ma mère a débarqué dans le
salon, un sourcil circonflexe et l'autre froncé. Elle
prend toujours cet air-là quand elle se méfie. C'est
une femme qui a un don pour les grimaces.

« Qu'est-ce qui vous arrive, tous les deux ? On
dirait que vous préparez un coup d'État en Afrique ! »

Aucun de nous n'a répondu. Elle a dénoué son foulard en gardant un air suspicieux. Puis elle a pointé le padre du doigt.

« Qu'est-ce que tu mijotes, Abdelkader ? Tu vas prendre une deuxième femme ? Hein ? C'est ça ? »

Le padre a eu un rire gras, digne du premier rang d'un spectacle de Chevalier et Laspales.

« Une deuxième femme ? Dans ta tête, vous êtes déjà quatre. Rien qu'avec toi, j'ai atteint le nombre maximum ! »

Au moins maintenant, on savait où trouver Dounia. De là à voter pour sa liste, faut pas pousser.

La ville est à droite depuis l'âge de pierre. Ça ne m'étonnerait pas que Peplinski crève au pouvoir. Ce type est une sorte de président africain de la région PACA.

En recollant les morceaux de souvenirs qu'il me reste de ma sœur, je n'arrive pas à comprendre ce revirement de situation. S'engager en politique, à droite, dans une mairie où on trouve plus de varices et de fuites urinaires que d'idées et d'engagements. Ça ne lui ressemble pas.

J'avais tenté d'imaginer un nombre incalculable de fois ce que pouvait être la vie de Dounia depuis son départ théâtral.

Était-elle toujours en France ? Avait-elle des enfants ? Si oui, combien ? Avait-elle finalement épousé Daniel, son poignet poilu et son énorme montre ? Ou alors, avait-elle décidé de changer complètement de vie ? J'ai fait une liste d'hypothèses folles sur ce qu'elle avait bien pu devenir.

Et si elle était allée s'installer au Brésil pour lutter contre la déforestation ? Quelque part au Pérou pour plaider la cause d'agriculteurs ruinés ? Et si elle était devenue ambassadrice de l'Unesco, parcourant l'Inde pour la scolarisation des petites filles ? Non. Rien de tout ça. En fait, elle ne vit qu'à quelques kilomètres de chez nous, et au nom de la « *diversité* » qu'elle est supposée représenter, elle est en position 8 sur la liste pour faire réélire ce vieil alcoolique d'Yves Peplinski à la mairie, pour un deux cent cinquantième mandat.

Voilà. Je suis déçu.

5

Le diagnostic

En regardant le docteur Zerbib, on comprend mieux où le padre avait trouvé son inspiration pour se déguiser en intellectuel respectable. À peu de choses près, ils possédaient la même panoplie tous les deux. La veste en tweed, le pantalon de velours côtelé, la cravate à rayures, et la paire de lunettes au bord du suicide – posée à l'extrémité du nez. Sans oublier, bien sûr, les stylos Bic accrochés par le capuchon à la poche de la chemise.

La plus grande différence entre le padre et Zerbib, à part les années d'études, était sans doute l'hygiène. Je soupçonnais notre médecin de famille de se laver rarement les cheveux. Je me rappelle qu'il s'époussetait souvent les épaules, et alors on se croyait dans une boule à neige, la féerie en moins.

Le padre aimait ce qui était ancien et rassurant :

ma mère, les vieilleries entassées dans notre jardin, sa Renault R11 turbo de 1983 et sa chachiya en fourrure noire.

C'est pourquoi, pour rien au monde, il n'aurait choisi un autre médecin traitant que le docteur Zerbib.

Lui dont le cabinet était ouvert en continu, sauf pour shabbat, lui qui refusait de travailler avec un ordinateur, qui avait un de ces bureaux en bois de style colonial et avait même organisé un colloque régional sur les méfaits des outils de mesure automatisés de la tension artérielle.

« Tfou ! C'est un charlatan, ce Zerbib ! Les gens ne vont le voir que pour obtenir des arrêts maladie ! Tout le monde le sait ! »

Un point pour ma mère. Mais ça, c'était avant la procédure de mise sous entente préalable imposée par l'Assurance maladie. Zerbib avait désormais leur médecin-conseil sur le dos, et l'époque des arrêts de quinze jours pour une banale angine était bel et bien révolue. Du coup, beaucoup ont déserté le cabinet, et la moyenne d'âge de ses patients est passée de 45 à 75 ans en quelques mois.

Suspecté, le docteur Zerbib était devenu très consciencieux, voire trop. Ma mère l'a pris définitivement en grippe le jour où il l'a diagnostiquée hypocondriaque.

« Vous êtes en pleine santé, madame Chennoun ! Je peux parier que vous serez la prochaine doyenne française ! Si Dieu veut, vous dépasserez Jeanne Calment et ses 122 ans !

— C'est quoi, ce que vous m'avez prescrit, alors ?
Des bonbons à la menthe ?

— Non, madame Chennoun, c'est de l'homéo-
pathie. Vous êtes simplement un peu anxieuse. Ça
vous calmera et ça vous aidera à mieux dormir.

— C'est tout ? Et là, tu vas me demander vingt-
deux euros, Zerbib ?

— Vingt-trois. La loi est passée.

— Vingt-trois euros pour me dire que je suis hystérique ?

— Pas hystérique, j'ai dit hypocondriaque, pas de
malentendu. »

Après quelque temps, ma mère a dégoté un autre
médecin qui lui a refilé sans rechigner une liasse d'ordonnances, lui a diagnostiqué un diabète, de l'hypertension et de l'arthrose.

Et grâce à qui elle a gagné l'argument ultime pour
le restant de ses jours : la reconnaissance de sa maladie longue durée prise en charge à 100 % par la
Sécurité sociale.

Dans le bus :

« Excusez-moi, jeune homme, vous pouvez me laisser votre place ? J'ai le 100 % ! »

À la caisse du supermarché :

« Pardon, madame. Je peux passer devant vous,
j'ai le 100 % ! »

À mon père :

« Arrête de m'énerver, Abdelkader ! J'ai le 100 % ! »

Malgré les doutes concernant les compétences du

docteur Marc Zerbib, le padre est resté son plus fidèle patient.

Jusqu'au jour où il a dit à Mina :

« J'ai très mal à la tête. »

Le padre se plaignait rarement. Elle lui a apporté un comprimé de paracétamol et un verre d'eau, puis elle a demandé aux enfants de jouer en silence. Mina s'est aperçue alors de la difficulté avec laquelle mon père tentait de porter le verre d'eau à sa bouche.

« Qu'est-ce qui se passe, papa ? »

Le padre avait eu ce regard dans le vague.

Nous avons appelé le docteur Zerbib, qui a préconisé du repos et nous a conseillé de l'allonger en attendant que le centre de santé nous donne un rendez-vous pour un scanner.

En réalité, le padre était en train de faire un accident vasculaire cérébral. AVC : trois lettres qui planquent une urgence vitale.

Constatant que le bras droit du padre s'engourdissait, ma mère, qui avait entendu d'une voisine que le beau-père de sa sœur qui avait fait un AVC, en Algérie…

Bref, nous avons appelé les pompiers et foncé à l'hôpital.

6

La moitié du padre

C'était le mois de juillet et, comme chaque été, Nice apportait son lot de vieilles à figure liftée. Une espèce protégée dans les Alpes-Maritimes.

On les reconnaît assez facilement.

La plupart du temps, elles se font rôtir les genoux sur les bancs de la promenade des Anglais en se pavanant derrière d'énormes lunettes Dior ; et leurs cheveux, abominablement blond platine, sont crêpés et relevés en chignon. Souvent, elles traînent un clébard chétif au bout d'une laisse en cuir et portent des couleurs criardes qui ne sont plus de leur âge.

Elles m'ont aidé à comprendre que même beaucoup d'argent ne permet pas d'acheter le bon goût.

Le camion de pompiers traversait la ville à toute allure. Ma mère serrait la main du padre et n'arrêtait pas de lui demander s'il sentait quelque chose. L'atmosphère qui régnait dans le véhicule contrastait parfaitement avec la légèreté de la rue et la démarche paresseuse des touristes dans leurs sandales anti-transpirantes.

Le padre, allongé de tout son long sur le brancard, regardait à travers la vitre. Il y voyait un morceau de ciel bleu et quelques branches de palmiers qui dansaient au rythme de la sirène du gyrophare. De cet angle-là, on aurait dit le front de mer à Alger.

Sans surprise, Peplinski avait été réélu, il y avait encore quelques affiches ternies, grossièrement collées sur les poteaux, quasiment à chaque feu rouge. On avait octroyé à ma sœur le poste d'élue à la jeunesse. Dans n'importe quelle autre mairie, ce titre aurait été une grande opportunité, mais à Nice… la jeunesse ? Quelle jeunesse ?

Nice est la seule ville au monde où j'ai entendu dire : « Un jeune de 50 ans ».

Nous foncions vers l'hôpital, suivis de près par la Renault Scenic grise conduite par Jalil. Le padre a été immédiatement admis à l'unité neuro-vasculaire du CHU de Nice. Ma mère était sous le choc. Elle réajustait son foulard tandis que nous suivions les aides-soignants qui venaient de prendre le relais des pompiers. Avec beaucoup de précautions, ils ont installé le padre sur un brancard. L'un d'eux portait une boucle d'oreille en or qui avait pour forme l'île de la Guadeloupe.

Nous avons traversé un long couloir ponctué de plusieurs portes battantes à hublot. Cette scène m'était familière, je l'avais vue des centaines de fois dans des centaines de séries hospitalières multi-rediffusées à la télévision.

L'autre aide-soignant avait chaud, de la sueur perlait sur son crâne rasé et il n'arrêtait pas de dire : « Attention devant ! » aux gens qui gênaient la progression de notre convoi.

Un jeune médecin est arrivé en courant derrière nous.

Il portait une queue-de-cheval, des sandales fluorescentes, et ses sourcils se rejoignaient, ce qui lui donnait un regard inquiétant. Il cherchait à connaître les circonstances de l'accident et s'est mis à poser une multitude de questions anxiogènes. Il ne manquait que le buzzer rouge, le week-end en Sologne avec la personne de votre choix, et on se serait cru dans un jeu de divertissement familial France Télévisions.

J'ai lu sur son badge qu'il s'appelait docteur Freddy Gérard.

La situation n'en était pas moins sérieuse. En quelques heures, le padre avait tout le côté droit du corps qui s'était paralysé, y compris le visage. Sa bouche pendait et son œil était quasiment clos. C'était impressionnant.

L'aphasie et les troubles visuels constatés au moment de sa prise en charge n'ont pas persisté. De ce côté-là, Freddy s'était montré rassurant.

Après des heures d'attente et très peu d'informations quant à l'évolution de l'état du padre, nous étions sur les nerfs.

Tandis que, à l'accueil, je vidais la machine à café

crasseuse de son jus de goudron, Jalil occupait les enfants avec un jeu de dominos qui traînait dans la boîte à gants de sa voiture. Ma mère pleurait, son khôl coulait. Mina pleurait, son khôl coulait aussi. Khadija a demandé : « Il est mort, pépé ? »

Dans la salle d'attente, sur les sièges en métal face à nous, une adolescente très mince se tenait assise entre ses parents. Tous les trois étaient quasiment collés.
J'ai pensé à l'expression « se serrer les coudes ».

On a vu défiler un groupe de blouses blanches, puis des silhouettes bleues, roses, vertes. Les uns sortaient fumer, les autres ne faisaient que passer.
Un patient à la peau du visage brûlée se promenait dans le hall, l'air hagard. Il s'est approché de moi et m'a dit : « Si j'avais su faire quelque chose de mes dix doigts, je serais devenu artiste peintre. » Je me suis dit que c'était une phrase à retenir.

Enfin, le docteur Freddy est revenu nous voir avec un bagage de termes médicaux compliqués. Des mots tellement techniques qu'ils avaient l'air de flotter devant le visage de ma mère. Mina perdait patience.
« Excusez-moi, mais on n'a pas apporté notre dictionnaire, et on n'a pas bac+10 non plus… Vous pouvez parler normalement, s'il vous plaît ? Avec des mots simples ! »

Nous avons été autorisés à aller voir le padre. Deux par deux. Chambre 314.
Quand ma mère et moi avons ouvert la porte,

il s'est dégagé une odeur nauséabonde, une odeur d'urine ajoutée à celle du gel antiseptique, au bruit des électrocardiogrammes et des sabots de bloc des infirmières sur le lino propre.

En voyant le padre couché et affaibli, je n'ai pu m'empêcher de l'imaginer mort. À cette idée, une forte douleur a traversé ma poitrine.

Je l'ai chassée de mon esprit immédiatement.

Alors, j'ai posé la question stupide, celle qu'on pose quand même.

« Ça va ? »

Il a cligné des yeux au ralenti. Seul l'un des deux s'est fermé. J'ai pris cette réponse pour un oui.

7

La jeunesse et la santé

Le padre n'était plus qu'à moitié vivant. Hémiplégique, pour reprendre le terme exact.

Il s'était écoulé un mois depuis son accident et on venait tout juste de le transférer à l'unité de réadaptation physique de l'hôpital. Pas de progrès flagrants, mais il était toujours parmi nous. Même à moitié, ça suffisait.

Il faisait une chaleur caniculaire. La température atteignait certains jours les 41 degrés. À cette période, je ne prenais pas moins de trois douches dans la journée.

« Hé ! Mourad ! L'eau, c'est pas gratuit ! Ça ne tombe pas du ciel !

— Si, maman.

— Tu te crois drôle ? Tfou ! »

Les jours passaient et la maison manquait d'âme. On ne dînait plus à 20 heures précises. Il n'y avait plus de fruits frais dans la coupelle en verre sur la table du salon, et les chats du voisinage ne rôdaient plus dans le jardin, car leur bienfaiteur n'était plus là pour les nourrir.

J'ai enfin reçu mon affectation pour ma première rentrée scolaire. Fin du suspens. Comme je le redoutais, je prendrais mon poste de professeur stagiaire en région parisienne. À Montreuil exactement, en Seine-Saint-Denis, au collège Gustave-Courbet. En lisant le nom du bahut sur ma feuille d'affectation, ça m'a évoqué le fameux tableau qui a été peint par ce gars : *L'Origine du monde*.

Il me fallait résoudre un problème majeur à présent. Trouver un endroit où crécher. Il restait à peine un mois.

Maman a eu l'idée de téléphoner au cousin Miloud. Arrivé à Paris deux ou trois ans plus tôt avec un visa étudiant et une attestation de l'université Paris-XIII, il avait décidé de rester malgré l'expiration de son titre de séjour provisoire.

Mina était contre. La préfecture aussi.

« C'est sérieux ? Vous parlez de Miloud ? Miloud le sniffeur de colle ?

— Pourquoi tu as besoin de dire ça, Mina ! Il ne savait pas ce qu'il faisait, c'était un enfant *meskine* !

— Ah oui ? Tu le défends, toi ! Et quand il a fait de la prison parce qu'il a mis une fillette de 16 ans sur le trottoir à Cheraga ? C'était un enfant, peut-être ?

— On ne connaît pas toute l'histoire ! Et il a changé, tu le sais ! Il a repris ses études, il est venu en France pour avoir une autre vie… Tu n'épargnes personne, hein !

— C'est toi qui me dis ça, maman ? Pfff. C'est un déchet, ce mec. Un clochard ! Il me dégoûte.

— On ne lui demande pas d'éduquer ton frère ! On veut seulement qu'il l'héberge deux ou trois semaines, le temps que Mourad se trouve un petit studio.

— T'as passé une annonce, Mourad ?

— J'ai carrément désossé Internet, et pour le moment, c'est beaucoup trop cher.

— T'en fais pas, on t'aidera. Et une coloc' ?

— Je cherche encore.

— On a dit qu'il y avait Miloud en attendant.

— Oh non, maman ! Pas Miloud ! »

Cette affaire d'affectation, ça nous occupait l'esprit. Du coup, on se faisait moins de mauvais sang. Pour les visites, on se relayait. Le padre était toujours content de me voir. Mais moi, en sortant de là, j'avais le cafard. Je me suis rendu compte assez vite qu'il n'avait aucune idée de la gravité de son état. J'avais l'impression de rembobiner la même cassette, indéfiniment.

« Je ne sais pas ce qui se passe avec cette jambe. Impossible de la bouger !

— C'est normal, t'as le côté droit paralysé, papa. Avec la rééducation, ça va s'arranger.

— Et mon bras aussi ! Regarde ! J'arrive même pas à le soulever. On dirait que quelqu'un me coince !

— C'est normal, papa.

— Ça va durer combien de temps, tout ça ?

— On ne sait pas vraiment. Les équipes du service font tout pour t'aider.

— J'ai peut-être dormi dans une mauvaise position.

— Non, papa, ça n'a rien à voir. C'est à cause de l'AVC. Ça a paralysé les membres.

— Mais pourquoi je n'arrive même pas à soulever ma jambe ?

— Ça va aller. Ne t'inquiète pas. Il y a quand même du progrès : le médecin m'a dit que tu sentais un peu tes doigts, maintenant…

— C'est quoi, le numéro de ma chambre ?

— 419.

— Quel étage ?

— Quatrième. Comme dans 4.19.

— Regarde ça ! Ma jambe, elle ne bouge pas… »
Puis il a eu ce regard plein de tristesse.

« Mon garçon, je ne veux pas que les infirmières me nettoient. »

Je me suis rappelé mon grand-père Sidi Ahmed Chennoun, qui disait : « Il n'y a que deux choses que l'on apprécie lorsqu'on ne les a plus : la jeunesse et la santé ! »

Il était indiqué qu'il y avait une bibliothèque à l'étage du service. Je me suis dit que ça plairait au padre que je lui fasse la lecture.
À l'intérieur de la pièce, une odeur de vieux brocanteur célibataire et deux étagères bancales qui débordaient de livres jaunis. Il y avait aussi quelques

revues d'automobiles, avec des photos de modèles qu'on ne voit plus qu'en miniature dans les vitrines des collectionneurs. Les livres éducatifs et les romans devaient dater de l'époque où l'on soignait encore la peste dans cet hôpital.

Posé dans un coin poussiéreux, *Oliver Twist*. C'est drôle, en regardant Dickens sous un certain angle, il avait une légère ressemblance avec le padre. La moustache, l'air sérieux, le regard un peu inquiet, oui, il y avait vraiment quelque chose…

Sur l'étagère du dessous, les inévitables « Harlequin »… L'adrénaline des soirées en maison de retraite. Leurs auteurs portent tous des noms très Amérique blanche à brushing, genre Perry Williams ou Andrew Richardson. J'aime bien les imaginer en écrivains stars de l'Arkansas, collectionneurs de machines à écrire anciennes, divorcés et amateurs de cognac. Je les vois conduisant leur pick-up sur une route déserte en réfléchissant à l'intrigue de leur prochain roman coquin.

Je me rappelais avoir fait un exposé au lycée sur le rôle de la femme dans cette littérature dite « romantique ». J'avais choisi *La Maîtresse captive*. Le titre en disait assez long. Sans parler de la couverture extrêmement suggestive. Pour la lecture au padre, on oublie.

J'ai opté pour le Dickens.

L'aide-soignante est venue changer mon père. J'ai attendu dans le couloir et pensé à sa pudeur, j'ai

pensé combien un monsieur pouvait souffrir de rede-
venir un bébé.

« Chapitre premier. "Du lieu où naquit Oliver
Twist et des circonstances qui accompagnèrent sa
naissance".

— N'oublie pas l'accent de journaliste… »

8

Tentatives

J'avais un emploi du temps réglé comme du papier à musique. Le matin, je rôdais sur Internet à l'affût de la moindre annonce de colocation sympa, espérant éviter de partager la chambre miteuse d'un foyer de jeunes travailleurs avec mon cousin Miloud. Ou pire, par sa faute, tomber pour complicité dans une affaire de mœurs. Il restait toujours la solution d'une mansarde humide avec toilettes sur le palier pour huit cents euros par mois, charges non comprises.

Pour moi, monter à Paris n'était pas un rêve. Ce n'était rien d'autre que quitter Nice.

L'après-midi, j'allais rendre visite au padre. Au programme : une partie de huit américain et un capuccino infect qu'on partageait. Je le laissais gagner. De toute façon, il ne pouvait pas tenir ses cartes d'une main.

Parfois, il tournait la tête, il soupirait longuement, puis me posait une question pour s'assurer du bon déroulement des choses à la maison.

« Quelqu'un a réparé la fuite dans la salle de bains ?

— Tu l'as réparée toi-même, papa… C'était l'an dernier.

— Ah oui ? »

Un jour, il a fini par dire :

« Mourad ?

— Oui, papa ?

— Je veux revoir ma fille avant de mourir.

— Pourquoi tu dis ça ?! Tu ne vas pas mourir !

— Si ! Bien sûr que je vais mourir ! Et je n'ai même pas fait mon pèlerinage à La Mecque !

— Inch Allah, tu vas guérir, papa ! Et on ira ensemble ! On ira faire notre pèlerinage à La Mecque tous les deux !

— Je commence à oublier des choses. Ça me fait peur. Je dois voir ma fille. Je dois voir ma fille avant de mourir. »

Je ne peux pas dire que je n'y avais pas pensé. J'y avais pensé chaque jour depuis l'accident du padre. Dounia devait savoir. Même si Mina et ma mère jouaient à la perfection le numéro du *comme si de rien n'était*, j'étais certain qu'elles y songeaient exactement comme moi. On ne peut pas tout effacer d'un coup de Tipp-Ex sur le livret de famille.

Le padre avait remballé son orgueil. Il fallait saisir l'occasion avant qu'il ne change d'avis. J'avais décidé de ne pas en parler à ma mère ni à Mina pour l'instant.

Sur le chemin du retour, je décidai de m'arrêter à la mairie.

J'ai pensé à l'expression « au petit bonheur la chance ».

Avec toute la conviction que ça nécessitait, j'ai garé la R11 turbo du padre dans le parking visiteurs et me suis dirigé vers l'accueil, où trois standardistes s'agitaient. Elles remuaient les bras, alors que les fils torsadés des différents combinés téléphoniques s'emmêlaient. On aurait dit le bureau de l'association des pieuvres désorganisées.

Leur parfum me rappelait les lingettes odorantes citronnées qu'on distribue dans les avions.

« Bonjour monsieur ! C'est pour les candidatures ?

— Non. Je me demandais si… En fait, je viens voir madame Chennoun.

— Qui dois-je annoncer ? »

J'ai eu envie de répondre : *Mourad Chennoun, fils d'Abdelkader Chennoun, illustre cordonnier, lui-même fils de Sidi Ahmed Chennoun, poète et berger des montagnes de l'Ouest.*

« Son frère, Mourad. »

Le visage de la standardiste a soudainement perdu de sa jovialité.

« Vous avez rendez-vous ?

— Non, je n'ai pas rendez-vous.

— Ah ! Elle reçoit uniquement sur rendez-vous. »

Elle avait dit « Ah ! » avec un ton définitif. Sur le mode *tu n'as aucune chance de la rencontrer*. Je me suis senti aussi bête que si j'étais allé sonner chez Madonna à l'improviste.

« C'est important.

— Ah ! Elle est au courant que vous passez ?

— Non, prévenez-la que je suis ici, s'il vous plaît.

— Un instant. »

La standardiste a eu un regard méfiant. Elle avait un sourcil circonflexe et l'autre froncé. Tout comme ma mère. C'était dingue, cette ressemblance de grimace. Elle portait du mascara bleu assorti à son uniforme et, lorsqu'elle a composé le numéro, ses ongles, trop longs pour être vrais, ont fait tic-tic-tic sur le clavier.

Elle a juste dit : « Oui, Dounia ? Ton frère est ici… »

Puis il y a eu un long silence et la standardiste a dit de nouveau « Ah ! » avant de raccrocher le combiné.

« Je suis désolée, elle ne peut pas vous recevoir. »

Je suis resté planté à la regarder en attendant qu'elle me propose une alternative.

« D'accord. Et qu'est-ce que je peux faire ?

— Eh bien… laissez vos coordonnées, elle vous rappellera plus tard. »

Quel con ! J'aurais dû me douter que ce ne serait pas si simple. Je lis pourtant pas mal de romans.

Dounia avait sans doute encore trop d'amertume. Comment avais-je pu oublier à quel point elle était têtue ?

J'ai griffonné un mot sur le petit Post-it jaune que

la standardiste méfiante m'a tendu. Mon message était spontané mais idiot.

« Rappelle-moi s'il te plaît. Mourad. »

Après dix ans de séparation, renouer avec un Post-it, c'est plutôt cocasse.

« Elle a bien vos coordonnées ? »

Ce ton, devenu ironique, m'a fait penser que même la standardiste parfumée au citron vert était au courant de toute notre histoire de famille. Elle devait se dire : « Tiens, voilà le méchant frère de cette méchante famille arabe qui a fichu Dounia à la porte ! »

J'ai ajouté mon numéro de portable à l'intention de ma sœur.

Je n'ai rien écrit sur l'état de santé du padre, ni sur nous. Difficile sur un morceau de papier autocollant de 76×76 mm.

J'étais assez découragé, mais je ne me résignais pas à quitter les lieux. Je me suis arrêté devant l'affichage municipal, l'air de rien, je digérais ma tentative ratée avant de reprendre la route. Il y avait un poster d'appel à témoin avec un numéro vert adressé aux femmes battues. Le slogan était frappant, c'est le moins que l'on puisse dire : « Tuez le silence, avant qu'il ne vous tue. »

La campagne avait été organisée par les FPC, l'association « Fières et pas connes » que Dounia préside. En matière de slogans chocs et de happenings surmédiatisés, les FPC étaient devenues de véritables spécialistes. Depuis qu'on avait retrouvé la trace de ma sœur, je m'y intéressais de plus près.

Récemment, elles avaient même manifesté devant l'Assemblée nationale, cherchant à sensibiliser les politiques à leur message. Certaines avaient des bâillons, les mains ligotées. D'autres s'étaient dessiné des cocards et collé des pansements sur la figure. Quelques-unes portaient des burqas.

En avant de la manif', les chefs de file, dont faisait partie ma sœur, arboraient fièrement des banderoles où l'on pouvait lire en caractères rouges : « Pour toutes les femmes, on ne se taira plus. »

Elles braillaient leurs slogans à s'en éclater l'artère carotide. Peut-être se disaient-elles intérieurement : « Je suis en tête du cortège, j'ai mis mon rouge intense de Dior qui me fait une bouche de rêve, avec ça, je suis sûre de faire la une du *Nouvel Obs* lundi ! Youhou ! »

Les militantes anonymes marchaient en queue de cortège, soulevant leurs pancartes avec peine, comme elles portaient la noblesse de leur combat.

Sur Internet, l'un des plus fervents détracteurs de l'association, qu'elles traînaient régulièrement en justice pour diffamation, a titré son blog : « Pour toutes les femmes, fermez vos gueules ! »

Elles étaient constamment mobilisées pour une cause ou une autre : une affaire de harcèlement sexuel, la déclaration misogyne d'un ministre, un accouche-

ment sous X, un talon cassé dans une flaque d'eau…
Tout était prétexte à commentaire.

Ma sœur devenait un symbole. On la voyait intervenir de plus en plus régulièrement dans le débat public. Invitée à donner son avis sur tous les sujets, elle s'exprimait avec un brio et un aplomb à peine croyables. La petite élue arabe de province était en passe de devenir la nouvelle coqueluche de l'élite parisienne.

Avant de cumuler un jour les mandats politiques, elle pourrait s'entraîner en cumulant les miles sur Air France avec tous les allers-retours Paris-Nice qu'elle se farcissait.

Dounia plaît parce qu'elle symbolise ce que la République fabrique de mieux : une réussite accidentelle.

On adore ce genre de modèle d'excellence, grâce auquel on peut dire : « Vous voyez que c'est possible si on veut bien s'en donner les moyens ! »

Fastoche.

Ça laisse donc supposer que les autres, une vraie bande de fainéants, bien au chaud, n'ont pas tellement envie de réussir dans la vie.

Une carrière épanouissante ? *Heu… Non merci. J'aime mieux passer mes journées à jouer au Rapido avec mes potes au* PMU *du coin.*

Un poste dans une entreprise en plein essor ? *Très peu pour moi. Je préfère me plaindre de mes six ans d'études supérieures pour faire croire qu'on ne m'embauche pas à cause de ma « surqualification ».*

Et tout ce petit monde qui s'étale sans gêne sur un RSA confortable. Honteux.

Ah, les politiciens ! N'empêche, ils doivent bien se marrer sur les bancs de l'ENA.

Dounia a une image qui sert ce genre d'arguments. Je ne sais pas si elle en a conscience. Je lui aurais bien posé la question, mais la standardiste avait dit « Ah ! ».

Elle avait dit « Ah ! » un bon nombre de fois.

J'avais visionné plusieurs vidéos sur Youtube dans lesquelles ma sœur apparaissait. Il y avait quelques commentaires assez désobligeants postés au sujet de Dounia. J'ai pu lire : « Corrompue, vendue, Arabe de service ».

Je suis sorti de la mairie, espérant jusqu'au dernier moment qu'elle se raviserait.

Et puis j'ai senti un regard dans mon dos.

Je me suis retourné et j'ai vu la standardiste citronnée m'envoyer un regard acide. J'étais sûr qu'elle avait pour mission de prévenir Dounia quand je serais parti. J'ai baissé les bras.

Sur le boulevard, des agents de police arrêtaient des voitures. On m'a fait signe de me ranger. Ça n'arrivait pourtant jamais avec la R11 turbo du padre.

Un agent au double menton est apparu. Il ressemblait à un pélican à lunettes. Il a demandé à voir les papiers du véhicule et mon permis de conduire. Le policier scrutait le certificat d'immatriculation jauni de la voiture, l'air de penser : « Qu'est-ce qu'un type de son âge fout dans une bagnole pareille ? »

En baissant le pare-soleil poussiéreux pour attraper la carte grise, une petite pochette m'était tombée sur les genoux. À l'intérieur, une photo.

9

La ferme d'Aziz

C'était un polaroïd qui devait dater d'il y a une bonne vingtaine d'années. J'ai pensé à une phrase de Proust : « Le souvenir d'une certaine image n'est que le regret d'un certain instant. »

La photo avait été prise devant chez Aziz, un oncle du padre qui était agriculteur dans l'Ouest. Nous adorions aller là-bas. Ça nous permettait de sortir d'Alger et de son agitation.

C'était aussi l'occasion de faire des expériences au cœur d'une nature plus ou moins hostile.

Marcher pieds nus sur le sol fiévreux de midi et s'écorcher la plante à cause des petits cailloux. Attraper des sauterelles et finir par les relâcher, car on ne sait plus vraiment qu'en faire. Je me rappelle aussi ces cafards noirs et luisants, on aurait dit qu'ils étaient en cuir, ils étaient tellement longs que Mina leur avait donné un nom : les cafards limousine.

L'oncle Aziz nous emmenait cueillir des figues de Barbarie à l'aide d'un manche en bambou qu'on coupait en trois à son extrémité pour former une pince et y coincer le fruit. On en remplissait des seaux entiers. Même avec la plus grande vigilance, à la fin de la journée, nous avions des épines plein les doigts, et Mama Latifa, la femme d'Aziz, nous les retirait avec les dents. Rustique mais efficace. Elle les recrachait ensuite dans une petite coupelle.

La maison était entourée de ces immenses cactus de figues de Barbarie. On appelait ça « les figues barbelées ».

Dans les hauteurs des montagnes, la Lune était très blanche, très ronde, très pleine. On pouvait presque la toucher. Et les étoiles, je n'en comptais pas autant à Nice, alors que là-bas c'était à perte de vue.

Après les averses d'été, on allait ramasser les escargots et, en fin d'après-midi, à l'intérieur de la mechta, les femmes s'affairaient en cuisine. Une odeur d'amandes grillées envahissait l'atmosphère. Mama Latifa faisait du pain de seigle ; accroupi près d'elle, je la regardais pétrir la pâte. Elle avait un demi-doigt en moins, c'était de naissance. À ce propos, son mari la taquinait souvent : « À l'époque où je t'ai épousée, si j'avais su qu'il te manquait un morceau, j'aurais retiré deux mille dinars de la dot ! »

À la ferme d'Aziz, les garçons couraient dans les champs en poussant une vieille roue de vélo à l'aide d'une branche d'arbre. Ils fabriquaient des petits moulins à vent avec le plastique coloré des poches de lait écrémé. Ils montaient dans les arbres et sifflaient les chiens errants. Les petites filles avaient des rubans dans les cheveux ou des fichus de couleur vive dont on voyait parfois dépasser une longue et large tresse brune. Je me souviens aussi de ce vieillard malvoyant qui faisait sa sieste quotidienne à l'ombre d'un amandier, son corps osseux couché sur un sac de blé vide, le visage protégé par la grande capuche de sa djellaba.

J'ai pensé qu'il devait être mort depuis tout ce temps.

Il y avait des lapins, entassés dans des cages. Il y avait aussi des bœufs, des moutons, des chèvres et quelques mules tristes attachées à des troncs.

J'ai immédiatement reconnu l'endroit pour y être allé souvent avec ma famille, mais, à l'époque de cette photo, je n'étais encore qu'un bébé joufflu dans les bras du padre. Mes deux sœurs étaient habillées strictement de la même manière.

Ma mère les traitait comme des jumelles malgré leur différence d'âge. Parfois, Dounia, pour se démarquer, se mettait à découdre les dentelles de son col ou à déchirer les rubans de sa robe. Lorsqu'elle s'en apercevait, ma mère se mettait dans tous ses états, elle hurlait, sa voix aiguë allait se cogner au plafond, puis finissait par retomber sur la tête de Dounia comme une boule de pétanque. Toutes ses phrases commençaient par : « Regarde ta sœur, elle… »

Un jour, Dounia avait attrapé un crapaud énorme, trouvé au bord de l'oued. Sans aucune raison, elle l'avait lancé sur Mina qui jonglait avec des noix dans la cour. À cause de cette histoire, Dounia s'était vu administrer une trempe rare et on l'avait surnommée *El Sehera,* la « sorcière ». Pendant un certain temps, ma mère l'avait tenue à l'écart de Mina et l'envoyait se coucher sans dîner.

Les gens disaient d'elle :

« Elle est si jalouse qu'elle finira par lui faire du mal ! »

Une année, toute la famille était à Alger à l'occasion des fiançailles d'Asma, la plus jeune des sœurs de ma mère. Dans la salle, les femmes portaient des tenues clinquantes et des bijoux, elles riaient fort et s'éventaient avec des assiettes en carton. Comme chaque été, un genre de robe ou de tissu était à la mode et, va savoir pourquoi, ce tissu portait le nom d'une série télévisée ou d'un de ses personnages. Cette année-là, c'était « Dynastie », l'été suivant, ce serait au tour de « Côte Ouest ».

Je me souviens même d'un tissu qu'on avait appelé « Boudiaf », du nom d'un président algérien assassiné.

À chacun sa manière de s'approprier les événements du monde.

Au centre de la pièce, ma tante était assise sur une chaise recouverte d'un tissu doré et d'un large ruban. À ses côtés, de part et d'autre, deux petites filles, habillées dans des robes vert amande, en satin. Comme le veut la tradition, chacune d'elles devait tenir une grande bougie tandis qu'on mettait le henné à la future mariée, et on leur avait dit de ne surtout pas la laisser s'éteindre, c'était pour elles comme une mission de la plus haute importance, qu'il fallait accomplir avec sérieux.

Tout le monde admirait les fillettes, qu'on avait vêtues avec tant de soin dans de beaux habits achetés en France, fabriqués en Chine certes, mais ça, personne n'était supposé le savoir.

Mes sœurs ressemblaient à deux petites poupées.

Dans l'agitation de la fête, personne n'a remarqué Dounia qui mettait le feu aux cheveux de Mina avec sa grande bougie de fiançailles.

La belle-mère de ma tante Asma a dit alors en arabe : « Il y a une odeur de *bouzelouf* ! »

Bouzelouf, c'est la tête de mouton qu'on grille sur le feu, si bien que tous les poils carbonisent, qu'on les gratte ensuite avec la lame d'un couteau avant de faire bouillir la viande puis revenir en ragoût avec des pois chiches. Ma partie préférée était la cervelle, je croyais que ça rendait intelligent, jusqu'à ce qu'un jour l'un de mes cousins me dise : « À force de manger du cerveau de mouton, tu deviendras aussi con qu'un mouton, et quand tu retourneras en France, on te mettra en prison parce que tu te promèneras en laissant tomber derrière toi des millions de petites crottes noires ! »

J'ai aussitôt arrêté d'en manger.

Ma mère était folle de rage ! Elle a arraché la bougie des mains de Dounia pendant que des jeunes filles éteignaient les flammes dans la touffe de Mina, qui était devenue rouge écarlate et sanglotante.

La mariée était restée de marbre, comme toutes les mariées que j'ai eu l'occasion de voir en Algérie. Quelques femmes chuchotaient entre elles : « Qu'ils sont mal élevés, ces enfants d'immigrés ! »

Dounia eut droit à une sévère correction dans la cour de la maison, si sévère qu'elle s'était pissé dessus. Ma mère s'était défoulée sur elle, à cause de la honte sans doute. On entendait les sandales en plastique claquer sur la peau de ma sœur, ça résonnait dans le couloir.

Quelques minutes après, avec son air étrange, Dounia était revenue dans la pièce principale et s'était remise à danser, comme si de rien n'était. Simplement, ses jambes ruisselaient d'urine. Une vieille femme un peu bossue l'avait tirée hors de la salle par la manche bouffante de sa jolie robe de princesse, devenue humide. Elle l'avait poussée à l'extérieur en lui disant : « Va te laver et change-toi ! Tu es immonde ! »

Après cet épisode, ma mère, la mort dans l'âme, dut couper les cheveux de Mina. Pendant des mois, ma sœur a porté un affreux carré, court sur la nuque, avec ses cheveux secs et frisés qui montaient au ciel.

Après le départ de Dounia, ma mère, qui avait longtemps cherché à masquer son chagrin, disait :

« Elle est folle de toute façon ! Je n'arrive pas à croire qu'elle est sortie de mon ventre ! Tu te souviens, Mina ? Elle a essayé de te brûler vive au mariage de ta tante Asma ! »

Ou alors :

« Je savais que je ne pouvais pas faire confiance à une fille qui envoie un crapaud à la figure de sa sœur ! »

J'ai rangé la photo dans la poche de ma veste et j'ai repris la route de la maison dans la R11 turbo, en me disant : c'est fou comme un souvenir doit varier d'une personne à une autre.

10

Le départ

J'étais allé rendre une dernière visite au padre avant le grand départ. Son AVC l'avait tellement secoué, je n'étais même pas certain qu'il se souvienne de cette histoire de mutation à Paris. Quand je lui en avais parlé, il s'était contenté de hocher la tête en faisant la moue avec sa lèvre inférieure.

Comme chaque fois que je cherchais le médecin dans les couloirs du service et tandis que mes baskets couinaient sur le sol tout juste lustré, je m'interrogeais encore.

Est-ce qu'il existe dans les facultés de médecine un cours magistral donné par un éminent professeur sur l'art d'esquiver les familles des patients ?

Parce que je trouve qu'ils font ça de façon impeccable.

J'ai fini par retrouver le docteur « attrape-moi si tu peux » et par avoir avec lui une discussion en marchant.

« Vous savez, avec votre papa, on va essayer d'aller au maximum de ses possibilités. Au mieux du possible. »

Son expression m'avait frappé. « Au mieux du possible ». J'ai trouvé qu'elle ressemblait au titre d'un potentiel prix Goncourt.

« Il faut bien comprendre qu'à son âge il y a peu de chances qu'il récupère une autonomie complète. C'est assez peu probable qu'il retrouve les mêmes capacités qu'avant. En tout cas, il fait des progrès, ils sont légers, mais c'est encourageant. »

Je n'ai retenu qu'un mot : « encourageant ».

Je savais que je ne serais pas de retour avant le mois de novembre. Le padre m'avait donné quelques conseils.

« Mange correctement. Fais tes prières. Ne te fais pas trop d'amis. Un ou deux, ça suffit. Et téléphone à ta mère. »

À quelques mots près, il m'avait dit la même chose après avoir finalement accepté de me laisser partir en classe de neige en Savoie. Ils ont été obligés de céder devant l'insistance de mon instituteur, monsieur Mounier.

« Madame Chennoun, si Mourad ne vient pas avec nous, ce sera le seul de toutes les classes de CM2 à rester à Nice ! Il passera trois semaines à s'ennuyer dans une section de CM1 ! Et à notre retour, ce sera pire ! Ses camarades partageront cette expérience sans lui. Il se sentira exclu !

— Vous savez, monsieur le maître, ça arrive à tout le monde de se sentir exclu dans la vie. Il faut bien que ça commence un jour. Ça lui donnera du caractère.

— Si vous êtes inquiets pour sa sécurité, je peux le comprendre, je suis papa de trois enfants, mais on ne peut pas les garder enfermés toute la vie. Ils doivent grandir et s'épanouir sans nous. L'équipe veillera à ce que tout aille bien, je vous donne ma parole.

— Et l'accident de car dans le tunnel au mois de novembre ? Des enfants de 8 ans ! Vous avez vu ça à la télévision ? Tous morts ! Ils allaient à la montagne eux aussi et leur instituteur a peut-être donné sa parole à leurs parents !

— Les accidents peuvent arriver partout, madame Chennoun. Votre fils peut tomber et se blesser juste là, dans votre jardin !

— Le jardin, on le rangera bientôt, hein, Abdelkader ? Mon mari va débarrasser toutes ses ferrailles ! Il y aura moins de risques s'il ne reste que de l'herbe et des fleurs ! En plus, ça n'existe pas une avalanche dans le jardin d'un pavillon ! Je ne veux pas que mon fils tombe dans un ravin, il n'a jamais fait de ski !

— Comme la plupart des enfants de ma classe…

— Vous savez, chez nous, on se fiche de la neige ! Les gens ne skient pas, en Algérie !

— Justement, Mourad a la chance de vivre en France et il pourra apprendre.

— La chance de vivre en France ? Oui, c'est ça, mon œil, pfff ! »

Elle avait dit ça avec à la balance au moins dix kilos d'ironie, et gardez la monnaie, monsieur Mounier.

Le padre n'avait pas apprécié et lui avait fait les

gros yeux avant de marmonner en arabe : « Je n'ai jamais vu quelqu'un d'aussi entêté... »

En effet, ma mère n'était pas en reste quand il s'agissait de répartie, mais mon instituteur savait qu'il l'aurait à l'usure. Quant au padre, il était resté silencieux, il réfléchissait. Une veine apparaissait sous la peau de son front, signe que ça bouillonnait à l'intérieur. Il avait mis un costume et une cravate pour recevoir le maître et, bien sûr, avait accroché à la poche de sa veste ses inséparables stylos Bic.

Il l'avait fait entrer dans la maison en lui disant : « Monsieur, vous faites un très beau métier ! »

Je me souviens que j'observais la scène à travers le rideau de la chambre des filles qui donnait sur le salon. J'étais anxieux, j'avais les mains moites.

« De toute façon, Mourad n'a pas envie de partir. Il a besoin de ses petites habitudes. Je sais qu'il sera malheureux là-bas !

— Et si on lui posait la question, madame Chennoun ? »

J'ai serré les poings très fort. Mes ongles se sont enfoncés dans la paume et ça a laissé des traces.

Le padre m'a appelé et m'a demandé de m'asseoir sur une chaise.

Comme chaque fois que nous recevions quelqu'un, c'est-à-dire pas souvent, ma mère avait fait du thé à la menthe. Elle avait mis de jolis napperons et disposé sur la table quelques coupelles pleines d'amandes, de pistaches, de cacahuètes et de biscuits apéritifs.

J'ai eu envie d'en saisir une grosse poignée et de

les mâcher bruyamment pour échapper au moment qui allait suivre.

« Dis-nous, Mourad, toi, qu'en penses-tu ? Tu as plutôt envie d'accompagner la classe pour ce séjour à la montagne ou tu préfères rester à la maison et passer deux semaines avec madame Bisset et ses CM1 ?

— Je ne sais pas…

— Mon fils, tu préfères aller là-bas dans le froid et peut-être tomber et te retrouver mort dans une avalanche ou rester avec nous, et maman, elle t'achète la console vidéo que tu veux ? »

Faire ouvertement un tel chantage à un enfant ne gênait absolument pas ma mère.

« Je sais pas… Les deux.

— Comment ça, les deux ? Tu ne peux pas te multiplier ! Il faut choisir, mon fils ! »

Je cherchais du secours dans le regard du padre. Il a dû lire de la détresse dans le mien.

« Ça suffit. Il va y aller.

— Comment ça, il va y aller ?

— Oui, il va y aller, il est grand maintenant. Il doit apprendre à se débrouiller, le maître a raison. Tu ne seras pas toujours près de lui pour souffler dans son verre de lait chaud ou lui couper son morceau de bifteck ! »

Mon père a toujours été pragmatique. Il se tait, puis il parle, et pour moi, ce jour-là, sa parole a été une libération.

« C'est vrai, Mourad, que tu veux y aller ?

— Oui, maman. J'ai envie d'y aller. »

J'avais répondu sans la regarder, je jouais avec le napperon à cause de la nervosité.

Elle s'est levée d'un bond en disant : « Je vais me chercher un verre d'eau ! Vite, un verre d'eau ! Mon pauvre cœur va s'arrêter ! »

Après ça, elle a eu une poignée de main froide avec monsieur Mounier. Elle le considérait désormais comme un arracheur d'enfants. Pendant plusieurs jours, elle nous a tiré une tête de dix mètres de long, au padre et à moi. Elle se sentait trahie.

Quelques semaines plus tard, je l'ai vue fondre en larmes en préparant ma valise.

Le jour du départ, c'est le padre qui m'a emmené devant l'école. Il avait obligé ma mère à rester à la maison. Je crois qu'il voulait éviter le scandale. Elle était capable de s'accrocher à l'arrière du car sur plusieurs mètres en criant : « Rendez-moi mon bébé ! »

Tandis que monsieur Mounier comptait les enfants, le padre m'a embrassé et il m'a dit : « Sois prudent. Mange correctement. Fais tes prières. Ne te fais pas trop d'amis. Un ou deux, ça suffit. Et téléphone à ta mère. »

J'ai quitté l'hôpital le cœur serré. Une petite voix mesquine m'a soufflé : « Imagine que ce soit la dernière fois que tu le voies. » Je l'ai chassée de mon esprit immédiatement.

Je suis rentré à la maison, le pas lourd, avec l'image d'un père que j'avais le sentiment d'abandonner. Ma mère avait repassé mes affaires, les avait pliées et rangées dans la valise. La même qui m'avait servi en CM2. Elle avait aussi cuisiné un tas de choses qu'elle avait emballées dans du papier aluminium pour le voyage. De la nourriture, beaucoup de nourriture. Comme toujours.

« Maman ! Je ne fais pas Nice-Paris à dos de chameau ! Je n'ai pas besoin de tout ça, tu sais ! Tu as fait à manger pour un régiment !

— Pardonne-moi, mon Dieu, mais pourquoi j'ai des enfants aussi ingrats ?! Mourad, tu vas me tuer ! Tu ne peux pas te contenter de dire merci ?

— Merci maman !

— Je me suis donné du mal !

— Je sais, maman, désolé, merci beaucoup !

— Quand même, un peu de reconnaissance ! On se casse le dos et puis on récolte quoi ? Des critiques !

— Merci maman, tu es la meilleure mère qu'on puisse rêver !

— Là, tu te moques, hein… Arrête de te moquer ! Tfou ! »

Je l'ai embrassée sur le front et elle a lâché un sourire.

Son sens du sacrifice me pèse, mais il m'épate. Ensuite, elle a fondu en larmes. De nouveau.

Mina l'a prise dans ses bras en riant.

« Allez, maman, courage ! Ton fils a grandi ! C'est un homme maintenant, c'est plus un bébé !

— Tu rigoles parce que tu ne comprends pas ce que je ressens !

— Mais si, j'ai des enfants aussi, bien sûr que je comprends !

— C'est pas pareil ! Seigneur ! *El kebda, el kebda !* »

El kebda, littéralement c'est le foie. L'organe.

Symboliquement, ça représente l'attachement d'une mère à ses enfants. On dit bien le fruit de ses entrailles.

Le foie de ma mère, j'imagine qu'il est tendre et saignant. J'ai bien peur de ne jamais réussir à aimer autant qu'elle.

« Allah nous a ordonné d'honorer les parents ! Et la mère en particulier ! Tu vois mon pied ? Là-dessous, il y a le Paradis pour toi ! C'est une promesse de Dieu ! »

Le Paradis, il fallait au moins ça pour traverser ce bas monde avec un peu d'espoir. Les promesses de Dieu sont bien les seules auxquelles je crois.

11

Paris

C'était la première fois que je prenais l'avion pour une autre destination qu'Alger. Pourtant je me sentais blasé. Il y a sans doute tellement de gens qui auraient été fous de joie d'être assis à ma place, la 12 A, côté hublot, en partance pour la plus belle ville du monde.

Alors que je croquais dans une brick au thon préparée avec amour par une mère dévouée, j'étais simplement heureux de ne pas avoir à acheter le club sandwich crudités à 5,90 euros. Dans les compagnies low-cost, à part le billet, tout est hors de prix.

J'essayais de me relaxer tandis qu'un steward longiligne faisait la démonstration des consignes de sécurité. Dans sa tête, c'était Broadway ou quelque chose du genre. Il prenait son rôle très à cœur. J'ai trouvé qu'il tirait sur les languettes du gilet de sauvetage avec beaucoup trop d'élégance. Surtout si on a en tête que ces consignes ne s'appliquent qu'en cas de crash imminent. Je vois mal des passagers affolés, à deux doigts de s'écraser dans un champ de maïs, enfiler leur gilet de survie avec une telle classe.

De toute manière, personne n'écoute jamais leurs recommandations.

Assise à ma droite, côté couloir, il y avait une toute jeune femme. À peine 20 ans. Un siège vide entre nous.

Juste avant le décollage, elle m'avait dit : « Excuse-moi ! Vu qu'il y a personne au milieu, j'peux poser ma veste et mon sac à main, s'te plaît ? Ça te dérange pas ? »

Je n'y voyais aucun inconvénient. Enfin, pas encore.

Elle mâchait bruyamment un chewing-gum et en faisait de larges bulles qu'elle finissait par crever avec le bout de la langue.

Elle était très apprêtée. Des strass, un rouge vif sur les ongles et la bouche, une blondeur exagérée, des dentelles, des froufrous. Je n'ai pas dit *vulgaire*. Pas encore.

Alors que j'avais décidé de relire *Les Raisins de la colère*, la jeune fille tentait une conversation.

Je n'aime pas tellement être interrompu dans une lecture.

« Ça parle de quoi ?

— Heu... Ça raconte l'exil d'une famille aux États-Unis dans les années 30...

— Ah ouais ? Moi j'aime bien lire aussi. Je suis plutôt magazines. Je suis abonnée à presque tout : *Voici*, *Oops*, *Closer*, *Public*, *Choc*, *Entrevue*. J'aime bien m'informer.

— …

— Toi, t'es pas bavard, je suis sûre ! Tu veux un chewing-gum ?

— Non merci, c'est gentil…

— Je vais être franche, mais tu devrais en prendre un, ça sent le thon par ici.

— Ah… Désolé.

— Tiens ! Ils sont sans sucre.

— Merci.

— Tu vas faire quoi sur Paris ?

— Je vais travailler.

— Dans quoi ?

— Je suis prof stagiaire. On m'a muté là-bas pour ma première année.

— Prof de français, je parie !

— Exactement.

— C'était pas difficile à deviner avec un bouquin entre les mains. Moi, les études, c'est pas mon truc ! »

« Pas son truc », elle a dit. Est-ce que ça m'étonne beaucoup ?

« Ça va ! Détends-toi ! T'es tout crispé, là ! Je suis pas en train de te draguer. T'es pas mon genre. J'aime pas tellement les intellos, ils m'ennuient. Et les mecs enrobés non plus. »

Enrobé ? Moi ? Je suis presque vexé. Mais trop bien élevé pour me replonger dans ma lecture et ignorer cette idiote peroxydée.

« Ah bon… OK. Très bien. Et qu'est-ce que tu vas faire à Paris ?

— Tu vas jamais le croire, mais t'es peut-être assis

à côté d'une future star ! Figure-toi que j'ai passé le casting de "Trahisons saison 5" et ils m'ont rappelée ! J'suis surexcitée ! Passer à la télé ! Être connue, tout ça ! C'était mon rêve ! »

Sans vouloir juger, certaines personnes ont des rêves vraiment très petits. Si petits qu'ils doivent les regarder au microscope.

« La première de l'émission, c'est la semaine prochaine ! T'imagines ? En direct sur la Une !

— Je suis désolé, je vais te paraître un peu *intello*, mais qu'est-ce que c'est "Trahisons" ?

— Tu connais pas ? Sérieux ? »

Elle a éclaté de rire brusquement. On aurait cru l'explosion d'un tube de confettis.

« Oui, sérieux !

— Waouw ! Allo ? Dans quel monde tu vis ? T'as pas la télé ou quoi ? »

J'aurais adoré avoir assez de cran pour le lui expliquer.

Écoute-moi bien, petite blondasse, ça sonne tellement creux dans ta tête que ce que je vais te dire risque de résonner, ça produira un écho plus grand que celui d'un alpiniste qui crie "hé ho" sur le toit du monde et, crois-moi, ça t'empêchera de dormir la nuit !

Le monde dans lequel je vis, t'y comprendrais rien ! Il est parallèle au tien, voire perpendiculaire. On a pourtant bien la télé et elle est branchée H.24 sur Nilsat. Nos infos, on les lit aussi en bas de l'écran, mais de droite à gauche. Et tes histoires de Trahisons, y en a déjà bien suffisamment dans la vraie vie ! Qu'est-ce que tu dis de ça, espèce de vitrine de sex shop ?!

« En tout cas, tu peux être sûr que tes futurs élèves, eux, ils connaissent ! Alors, c'est un show télévisé qui dure seize semaines. Ça se passe dans une maison et les candidats sont divisés en deux camps : les *traîtres* et les *trahis*. Dans chaque camp, y a un leader qui est maître des stratégies, et toutes les semaines, le public vote pour un camp et son leader. Au bout du compte, 200 000 euros à gagner, en plus des cagnottes personnelles… Si je me débrouille bien, je pourrai rembourser l'emprunt de ma mère. Elle est même pas certaine de finir de payer le crédit, la pauvre, elle a un cancer du sein, ça craint au max ! »

Je me suis senti con. Je l'ai sans doute jugée un peu trop vite, cette pauvre fille.

« C'est qu'à son époque les femmes retiraient leur soutien-gorge, elles les brûlaient et tout ça. Voilà, à 50 ans, les seins n'ont pas été maintenus assez et on se retrouve bêtement avec des tumeurs. Quand j'ai vu la mammographie, j'ai halluciné ! On dirait une petite balle de ping-pong en plein milieu ! Je vais en parler pendant l'émission, les gens de la prod' m'ont dit qu'avec ça j'aurai un sacré avantage sur les autres candidats. »

Finalement non. Mon jugement n'a pas été si expéditif que je le croyais.

J'ai pensé à l'expression « vendre père et mère ».

Elle n'a pas arrêté de me jacasser dans les oreilles, déjà qu'elles bourdonnaient à cause de la pressurisation. Je me suis demandé en la regardant si le silicone résistait à l'altitude.

Je n'ai jamais réussi à interrompre quelqu'un qui parle. Les ravages de l'éducation. On ne se refait pas.

Dans le temps, ma mère avait une amie, Gisèle, qui faisait de la vente à domicile pour arrondir ses fins de mois. Après la mort de son mari, elle se promenait partout avec des boîtes hermétiques et des poêles à frire. Chaque fois qu'elle rencontrait ma mère dans la rue ou à la supérette, elle lui tenait la jambe pendant des heures. Soit elle se plaignait de sa maigre retraite, soit elle essayait de lui refourguer des casseroles et des Tupperware. Mina, qui est plutôt franche, encourageait ma mère à abréger.

« Maman, j'étais morte d'inquiétude ! T'étais où ?

— J'ai rencontré Gisèle…

— Il est vide, ton Caddie ? Franchement, c'est grave ! Tu es sortie pour faire le marché et tu rentres avec un Caddie vide ?

— Le temps que j'y arrive, tout le monde avait remballé au marché couvert. Il ne restait que le Chinois qui vend des briquets.

— Elle abuse, Gisèle ! Faut lui dire, maman !

— La pauvre, elle vit seule, elle a besoin de parler à quelqu'un.

— Parler à quelqu'un d'accord, mais quelqu'un… d'autre !

— *Meskina*, elle me fait de la peine. C'est dur pour elle.

— Faut pas exagérer, tu l'as écoutée pendant des plombes, tu lui as acheté des millions de casseroles et de boîtes en plastique ! Ça déborde du placard de la cuisine !

— Tu ne sais pas ce que c'est de vieillir seule !

— Toi non plus ! »

Ma mère avait pitié des gens sur des critères très aléatoires.

Un jour, elle pouvait dire des Roms : « Regarde-moi ces gens ! Ils mendient dans le froid avec leurs bébés ! C'est une honte ! Il y en a même qui se coupent les bras pour de l'argent ! Tfou ! »

Et le lendemain : « Les Niçois n'ont pas de cœur ! Ces pauvres Roms, on les chasse de partout ! Si on voulait bien les embaucher quelque part, ils n'auraient pas besoin de faire la manche ! »

À l'image de sa table, ma mère est une femme très généreuse.

Elle a toujours dit : « Les gens qui mangent bien, ils ont du cœur ! »

Pour les traditionnelles vacances de juillet en Algérie, malgré les trente kilos de bagages autorisés, on se retrouvait toujours en excédent. Chaque année, elle trimbalait une tonne de cadeaux et, à la pesée, elle jouait l'étonnée.

« Yéééé, treize kilos d'excédent ? C'est pas vrai ! Votre balance a un problème ! C'est impossible ! Quand j'ai pesé mes valises à la maison, ça ne dépassait pas !

— Madame, vos valises sont tellement lourdes que vous auriez pu y mettre un cadavre.

— Dis-moi, mon fils… tu fais des blagues, c'est bien. Tu es algérien, toi, non ?

— Non, madame, je suis français…

— Tu es sûr que tu n'as pas d'origine berbère ? Tu ressembles à un Kabyle.

— C'est pas la première fois qu'on me fait ce coup-là, madame ! Ça ne vous évitera pas de payer l'excédent. C'est au guichet sur votre droite, près du bureau de change.

— S'il te plaît, mon garçon. Tu vois, ce sont des petits cadeaux pour la famille, des slips, des jupes, des déodorants…

— Je ne peux rien faire…

— L'autre fois, à ta place, c'était une jeune fille, une Marocaine, elle nous a fait passer les valises sans payer.

— C'est interdit normalement… J'obéis aux ordres.

— *J'obéis aux ordres*, hein ? Avec une mentalité pareille, je suis sûre que des gens de ta famille ont torturé des gens de ma famille !

— Je suis professionnel, madame, je ne fais que mon travail.

— C'est pas gentil ! Faire payer les gens, ce n'est pas un travail !

— Je suis désolé, madame. Sur votre droite.

— Droite ? Extrême droite, oui ! Raciste ! »

De toute façon, quiconque n'allait pas dans son sens était forcément raciste.

Mon père lui filait des coups de coude discrets.

« Tais-toi ! Tu te crois chez le marchand de fruits

et légumes ! Arrête de négocier. On va payer. Tu me fais le même cinéma chaque année ! »

Ma mère avait fini par abandonner et, tandis qu'on se dirigeait vers le guichet pour régler notre excédent, elle a un ajouté un « Tfou ! » à voix basse, comme elle en avait l'habitude.

Elle passait tout l'été à distribuer des cadeaux, des vêtements, des flacons de parfum, des paires de chaussures, des jouets pour les enfants. Tout ce qu'elle avait pu amasser en faisant les marchés chaque week-end durant des mois.

Parfois, alors qu'elle avait déjà tout donné, quelqu'un que nous n'attendions pas nous rendait visite. Affolée, elle se précipitait dans la chambre et piochait dans nos affaires personnelles.

« Maman, t'as pas vu mon maillot de foot ?

— Cherche bien, il doit être dans la valise bleue. Tu parles bien du maillot de l'équipe qui perd tous ses matchs ?

— Maman, tu sais pas où est passée ma robe mauve ?

— Tu es sûre que tu ne l'as pas laissée à Nice ? De toute façon, cette robe te rend grosse.

— Où est ma chemise rayée ?

— Laquelle, Abdelkader ? Elles sont toutes rayées ! »

Mon père lui reprochait de partir avec des valises pleines à craquer et de rentrer *une main devant, une main derrière*, c'était son expression.

En atterrissant à Paris, à la porte des arrivées, une équipe de télévision était venue accueillir ma voisine du siège 12 C. Il y avait une journaliste, un ingénieur du son et un cameraman. Lorsqu'on lui a tendu le micro, la jeune Niçoise ambitieuse a eu l'air à l'aise immédiatement, prenant très au sérieux son rôle de future star de la télé-réalité. Telle une Marilyn Monroe discount prenant une douche de lumière, elle envoyait des tas de bisous à la caméra, manquant à chaque instant de se griffer le nez avec ses faux ongles en résine industrielle. Elle avait sûrement vu ses idoles faire ça un tas de fois. Autour, quelques voyageurs curieux se sont mis à la dévisager en se demandant : « Est-ce qu'elle est connue ? »

J'ai même vu un homme tenter de la photographier discrètement.

Un peu plus loin, j'ai reconnu mon comité d'accueil personnel : un jeune Algérien qui s'était vidé un pot de gel fixation forte sur la tête – le cousin Miloud.

12

La mouche dans le café

« Tu as fait bon voyage ? Tu n'es pas trop fatigué ? »

L'accent de Miloud était beaucoup moins prononcé que la dernière fois où je l'avais vu.

J'avais à peine reconnu mon cousin. Ce n'était plus du tout le jeune homme que j'avais laissé à Alger ; celui qui, en se levant le matin, se nettoyait les yeux avec sa salive.

« Viens, Mourad ! La voiture est par là ! »

Nous traversions les allées du parking souterrain. Il avait tenu à porter ma valise. Même sa silhouette avait changé. Il était plus en forme, plus musclé. Il sentait le jus de fruits et était rasé de près. Sa veste en cuir bleu électrique avait l'air neuve et ses chaussures brillaient sous les néons.

« J'ai changé, n'est-ce pas ? Attends ! T'as encore rien vu ! »

Il s'est tourné brusquement et a fait un large sourire.

« J'ai de nouvelles dents !

— Waw ! *Bsahtek !*

— On dirait des vraies, hein ?

— Oui, c'est du beau travail !

— Un dentiste allemand qui a un cabinet dans le huitième. »

Ça aurait dû me sauter aux yeux pourtant. Ses dents !

Miloud avait passé beaucoup de temps assis aux terrasses des cafétérias algéroises dans sa jeunesse. C'était un amateur de « presse » ; un café bien serré servi dans un minuscule verre à thé qu'il pouvait déguster des heures durant. Il avait commencé à fumer à l'âge de 10 ans, des Winston contrefaites. Donc, bien sûr, pour accompagner sa presse, il enchaînait les cigarettes jusqu'à l'écœurement. Résultat : à 30 ans, il avait la denture d'un dromadaire en phase terminale. Il était quand même beau garçon, mais ses nouvelles dents lui donnaient plus de mordant.

Lorsque Miloud a sorti la clef de voiture de sa poche et qu'il a activé le déverrouillage à distance, je n'ai pas réussi à dissimuler mon étonnement.

« C'est ta voiture, ça, Miloud ??

— Oui ! C'est ma voiture ! Classe C Berline Sportline ! Jdida ! Elle sort de chez le concessionnaire !

— *Bsahtek !* T'as gagné à l'Euromillions ou quoi ?

— Presque, mon frère. Presque. »

Miloud avait tout de même accroché un chapelet et une vignette aux couleurs du FC Barcelone au rétroviseur intérieur.

« Je suis un Algérien. Tu le sais qu'on meurt pour le championnat espagnol ! On ne se refait pas ! »

Nous prenions la route et je ne savais pas où m'emmenait mon cousin. Vraisemblablement, on ne se dirigeait pas vers le foyer de jeunes travailleurs immigrés que j'avais imaginé.

La voix féminine et sévère du GPS n'allait pas tarder à répondre à ma question. « *Direction maison – 17, rue Michel-Ange, Paris 16ᵉ arrondissement.* »

« Mets-toi à ton aise !

— Ça va pas être difficile ! »

C'est sûr que, niveau confort, c'était autre chose que la R11 turbo du padre.

Miloud a enclenché son lecteur CD dernier cri en dépassant tous les véhicules sur l'autoroute.

J'avais oublié à quel point les chansons de raï avaient de longues intros. Miloud était incollable. Il adorait le raï. Il aurait pu en écouter jour et nuit, sans interruption. Si ça pouvait se faire, on lui injecterait du raï directement dans le sang, par perfusion.

Le jour où Cheb Hasni a été assassiné, il y a de ça dix-huit ans, Miloud s'était fait des scarifications, il avait perdu beaucoup de poids et pleuré pendant de longues semaines. Depuis, chaque fois qu'il écoutait sa musique, avant d'appuyer sur « play », il chuchotait un *Allah i rahmou.*

À l'intérieur de la voiture, j'ai enfin reconnu le morceau après une intro si longue qu'on aurait fini par oublier qu'il y avait un chanteur. C'était un tube de Cheb Hindi : *Ndiha guewriya*.

Ce morceau raconte l'histoire d'un jeune homme déçu par une relation amoureuse et qui, pour se remettre, décide d'aimer une « Française » et de partir avec elle.

Le morceau a fait un gros carton dans les années 90. On pourrait qualifier Miloud de puriste. Il est spécialisé dans le raï ancien.

« Tu te souviens ?

— Très bien ! Tu l'écoutais en boucle en fumant.

— Cette chanson, c'est mon destin ! Je l'écoutais même en prison ! »

La France pour Miloud, c'était un rêve.

Plus jeune, il ne comprenait pas que Mina pleure à la fin des vacances, lorsque nous devions rentrer à Nice.

« À ta place, j'aurais pleuré en arrivant début juillet ! Vous ne connaissez pas votre chance ! »

Mina, en reniflant, lui répondait : « Vous non plus ! »

« Sinon, comment va ton père ?

— Il va bien, *hamdoullah*.

— C'est triste. Quand j'ai appris ce qui lui était arrivé, ça m'a brisé le cœur ! Lui qui était tellement actif. Il bricolait, il bougeait tout le temps.

— C'est vrai.

— Je prie pour son rétablissement, inch Allah.

— Merci Miloud. »

Comme un genre de flash, j'ai revu le jour où Miloud avait volé mille dinars dans la sacoche du padre. Il devait avoir 13 ou 14 ans à l'époque et c'était déjà un séducteur invétéré. Avec l'argent, il avait invité des filles à prendre une glace dans une crémerie qui s'appelait *La Baie d'Alger*. C'est moi qui l'avais balancé à mon oncle. Très en colère, ce dernier lui avait lancé un tournevis à la tête et fendu le crâne. Ma mère n'arrêtait pas de crier : « Tant pis pour l'argent ! *Meskine !* Ne lui faites pas de mal ! » Elle avait versé du café en poudre sur la plaie. Ça aide à cicatriser, d'après elle.

Je ne sais pas pourquoi j'ai pensé à cette histoire à ce moment-là. Ensuite, j'ai regardé l'arrière de son crâne discrètement, je me demandais si la cicatrice était toujours là, mais impossible de voir quoi que ce soit avec sa tonne de gomina.

La porte automatique du garage s'est ouverte lentement. Miloud a augmenté le volume du lecteur CD.

« D'habitude, je monte le son encore plus fort, Hasni à fond, pour bien les emmerder ! Mais là, c'est pas la peine. Il n'y a personne. Ils se sont tous cassés sur la Côte d'Azur. »

Alors que j'admirais la façade de l'immeuble haussmannien, j'ai pensé : « Même en vendant tous mes organes, je n'aurais pas de quoi m'offrir un mètre carré ici. »

Je n'avais jamais vu d'appartement aussi grand, ni décoré avec autant de goût. Il y avait des tableaux gigantesques accrochés aux murs. Le parquet était impeccablement ciré et, au centre de la pièce, un tapis persan magnifique. Ma mère l'aurait adoré.

J'ai scruté le salon de fond en comble, aucune trace de la moindre fleur en plastique.

Il y avait aussi des meubles laqués. Une table à manger immense. Un lustre. Et, surtout, un piano. Noir et si brillant que j'y voyais mon reflet comme dans un miroir.

« C'est Liliane. Elle a acheté ce piano, mais elle ne sait pas jouer. »

Avoir un piano pareil et ne pas jouer, c'était le comble du luxe.

J'avais hâte d'en savoir plus sur cette *Liliane*.

Mais surtout j'avais hâte de comprendre pourquoi mon cousin Miloud marchait sur son tapis persan.

Je voyais bien qu'il s'amusait de mes réactions, il créait le suspens. Il attendait avec impatience que je l'interroge. C'est d'ailleurs ce que je m'apprêtais à faire lorsqu'un homme grand et maigre a fait irruption dans la pièce.

« Bonjour messieurs. »

Il portait une moustache fine et un gilet blanc. On aurait dit un danseur de claquettes tout droit sorti d'un film rétro.

En le voyant, j'ai pensé à l'expression « droit comme un i ».

« Bonjour Mario ! Ça va *chouïa* ? »

Miloud s'est tourné vers moi et m'a fait un clin d'œil.

« C'est Mario, le majordome ! »

Il paraissait content de me le présenter. Mario, lui,

gardait la même expression figée depuis son arrivée dans la pièce.

« Le déjeuner est servi. Si vous voulez bien passer à table. »

Après avoir lancé sa phrase pleine de « r » roulés, il est parti comme il était venu. Raide comme un piquet.

« C'est un Italien. Liliane l'a amené de Milan. Il est spécial, mais il est très gentil. Bon, je meurs de faim. Viens, on va manger !

— Miloud ? À quel moment tu m'expliques enfin ton embrouille ?

— Y a pas d'embrouille, que de la débrouille, mon frère ! »

Au menu : noix de veau, petits légumes sautés et purée à l'ancienne.

J'attendais le moment où une équipe de télévision allait surgir en applaudissant. Miloud me montrerait où la caméra avait été cachée en riant comme un fou. Il en ferait couler des larmes. Et on se verrait en *prime time* à la télé le samedi soir suivant.

Pendant que nous déjeunions, mon cousin et moi, Mario, lui, restait debout contre le mur, le regard dans le vague. Ça m'a rappelé mes punitions d'école. C'était gênant. J'osais à peine manger. Je me suis même mis à avoir des inquiétudes. Et s'il avait faim, ce pauvre Mario ? Ce n'est pas possible d'être si maigre.

Miloud, au contraire, était très à son aise. Il trempait de gros morceaux de mie de pain dans la sauce et mâchait bruyamment.

Je regardais les moulures au plafond en plantant au ralenti ma fourchette dans le veau.

« Ça te plaît pas ?
— Si, si. C'est vraiment bon !
— Alors mange ! C'est halal en plus ! J'ai envoyé Mario à l'autre bout de Paris pour trouver une boucherie musulmane ! Juste pour toi ! »
J'essayais de ne plus regarder ce pauvre majordome maigre et mono-expressif.

« Je vais commencer par le début, sinon tu ne vas rien comprendre ! Ma vie, c'est un film ! Tu sais que j'ai eu des problèmes à cause d'une fille à Cheraga et que je suis allé en prison ? Bien sûr, ça a fait le tour d'Alger, cette histoire ! Je me suis mis à dos une bonne partie de la famille. La fille a tout inventé ! Elle a fait ça par vengeance ! Parce que je ne voulais pas me marier avec elle ! Tu imagines ? Je suis innocent dans cette histoire ! Mais tu sais comment ça se passe… Le frère de son père est juge d'application des peines à Alger ! Je n'avais aucun espoir d'être blanchi. Le mien de *chibani* n'est qu'un pauvre chauffeur de car. C'était déjà une chance de trouver un avocat qui acceptait de me défendre ! Là-bas, si tu n'as rien, tu n'es rien ! Dieu merci, j'ai eu une réduction de peine. Le jour où je suis sorti, ma mère avait préparé des poivrons grillés, elle voulait me faire plaisir, la pauvre.

« Je suis reparti de zéro après tout ça. Si on pouvait repartir de moins que zéro, c'est de là que je serais reparti, Mourad… Du sous-sol. »

L'ennui, c'est que personne ne repart jamais de zéro. Pas même les Arabes, qui l'ont pourtant inventé, comme dirait le padre.

« Tu sais, Mourad, mon père ne me parlait presque plus. Il avait honte de me regarder dans les yeux et c'est ce qui m'a fait le plus souffrir ! Je voyais la honte sur son front. Que la justice se trompe, c'est une chose, mais quand c'est ta propre famille qui te croit coupable, ça fait trop mal.

« Un jour, j'étais avec des amis à la terrasse d'une cafétéria. Nous avions commandé deux cafés, alors que nous étions cinq.

« Cinq chômeurs. Tous les cinq, on représentait les 70 % de moins de 30 ans. Ce chiffre qu'on voit dans le journal, c'était nous.

« Je me souviens très bien de ce jour, Mourad ! L'un de mes amis, Akli, avait des tongs Gucci, soi-disant, il voulait nous faire croire que c'étaient vraiment des Gucci que sa cousine lui avait envoyées d'Italie ! Tu parles ! Pourquoi Gucci fabriquerait des tongs en mousse ? Enfin, bref. »

Miloud avait sorti une cigarette, et Mario, à petits pas rapides, avait dégainé un briquet sous son nez.

Il avait une démarche de geisha.

Après avoir tiré une grosse bouffée de cancer, Miloud a poursuivi.

« Nous avions passé l'après-midi à draguer les filles en jupe qui passaient rue Didouche, Mourad.

Aucun succès. On ne savait pas y faire. Quand j'y repense, nous étions des animaux. Cinq veaux qui beuglaient. Il faisait chaud ce jour-là. Mon gel coulait sur mes tempes et sur mon front. Il ne nous restait que cent dinars en poche. Et puis, il y avait cette mouche qui tournait autour de moi. Elle me dérangeait. Je n'arrêtais pas de la chasser, mais elle revenait, se posait sur mes bras, sur ma joue, tournait autour de ma tête. Elle ne voulait pas me lâcher. Je me demandais même si ce n'était pas un djinn dans un corps de mouche. J'ai emprunté l'une des tongs d'Akli. D'un revers de claquette en mousse, j'ai fini par l'assommer, et la pauvre, comme un avion de chasse en piqué, elle a plongé tout droit dans le café. Je l'ai regardée trembler quelques secondes, battre des ailes, lutter. Bien sûr, elle a fini par se noyer. Elle flottait en tournant dans le café tiède. C'était angoissant à regarder. Est-ce que moi aussi j'allais finir comme elle, destiné à souffrir, à me noyer après m'être débattu pauvrement pour vivre un peu ? »

Miloud a continué son récit des heures durant.

Il m'a raconté les petites magouilles pour obtenir le visa étudiant. L'arrivée à Paris. Sa tentative foirée à l'université. Comment il avait été hébergé par un garagiste tunisien. Ses soirées au cabaret *Le Saphir bleu* en banlieue. Le réseau qu'il s'était fait depuis trois ans. Et enfin, la piscine d'Auteuil. Il n'a pas tort quand il dit que sa vie est un film. En bidonnant son CV et avec l'aide d'un ami, il avait réussi à se faire embaucher comme maître-nageur en se faisant passer pour un Italien. Il s'était lui-même rebaptisé « Tino ».

« Liliane s'est rendu compte que j'étais arabe et je crois que c'est ce qui lui a plu chez moi. »

En même temps, entre un majordome milanais et un galérien de Bab el Oued, elle avait dû faire rapidement la différence.

« J'étais à la piscine, j'avais plus qu'à pêcher ! Et toutes ces vieilles millionnaires qui flottent dans le bassin, ce sont de gros poissons, crois-moi ! »

Liliane était une grande bourgeoise chargée d'un nom à particule, traînant des comptes en banque en Suisse, des biens immobiliers et quelques valeurs judéo-chrétiennes. C'était la fille d'un joaillier français réputé. Mariée à un ambassadeur, elle l'avait suivi partout dans le monde et avait accepté son mode de vie et ses infidélités. À 50 ans, elle avait fini par le planter au Vietnam.

Son fils unique, Édouard, vivait à New York. Elle regrettait de ne le voir que trop peu. Lui se satisfaisait de cet amour maternel par virement bancaire.

Fatalement, j'ai posé la question à Miloud.

« Tu l'aimes, Liliane ? »

Il avait eu ce sourire narquois.

« Je l'aime bien.

— C'est tout ?

— C'est déjà pas mal.

— Où est-elle ?

— Elle est allée prendre le café chez sa copine journaliste. »

Je m'étais dit que toute cette histoire était plutôt farfelue, mais pas très étonnante, connaissant Miloud.

J'allais bien finir par m'y faire, à ce majordome, à l'argenterie, au piano, au lit *king size* de la chambre d'amis, à la douche à jet massant, aux menus gastronomiques et à cette vue incroyable sur la tour Eiffel.

13

Le coup de fil

Je n'avais jamais autant aimé le dimanche.

Liliane, très matinale, lisait le *JDD*. Après son demi-Xanax, relaxée, elle nous rejoignait pour le petit déjeuner et nous résumait les événements importants qui secouaient le monde. Mon cousin sifflait son café en lui caressant la cuisse, tandis que je savourais une de ces délicieuses brioches à la rhubarbe. Ça me rendait heureux.

Une fois les actualités passées en revue, elle demandait une nouvelle fois son avis à Miloud sur ce fameux lifting qu'elle envisageait. Et, une nouvelle fois, il lui répondait :

« Pas question que tu te tires la figure !

— Ce sera quelque chose de discret. Ma copine Aude, tu sais, la femme de Charles... Eh bien, elle m'a conseillé un chirurgien. Je pourrais au moins faire une visite, pour voir...

— Non, Liliane. J'ai dit non. Tu es très belle avec tes rides et ta peau qui tombe.

— Eh bien, je te remercie du compliment. »

Liliane se mordait la lèvre, elle avait l'air vexée.

Au début.

Ensuite, elle regardait Miloud et finissait par l'embrasser passionnément.

Leurs rapports étaient louches. Elle aimait qu'il la domine. Il manquait de pudeur, de tact. Ils adoraient qu'on les remarque.

Je commençais à m'y faire.

Je ne posais pas de questions quand ils disparaissaient tard dans la soirée, au beau milieu de la semaine.

Ils partaient à pied. Avec un sac en cuir.

À la fin du petit déjeuner, juste avant que je ne quitte la table, elle me demandait :

« Et ton père, Mourad ? Comment va-t-il ? »

En vérité, les kinés disaient : « Il stagne, il déprime, il n'a plus envie de guérir… »

Je répondais à Liliane : « De mieux en mieux ! »

Elle souriait : « Excellent, tout ça ! »

Puis elle disait : « Tu sais, pour ta colocation, il n'y a aucune urgence ! » Et Miloud ajoutait, affalé sur sa chaise, le ventre plein : « Ici, tu es chez toi ! »

Lui, pour sûr, se sentait chez lui. Il s'était sans doute senti chez lui dès la première minute où il avait posé son pied dans l'appartement.

Au téléphone, Mina n'en revenait pas.

« Quelle enflure, ce gars ! C'est dégueulasse de profiter de la faiblesse des gens !

— Tu sais, elle n'a pas l'air malheureuse avec lui.

— C'est un gratteur ! Je l'ai toujours dit !

— Il est gentil, Mina, je t'assure.

— Ouais, c'est ça… Fais attention, Mourad. Ne le suis pas n'importe où. Ne lui fais pas confiance. Et continue de chercher de quoi te loger. Sa vieille millionnaire va finir par se lasser et lui mettre un coup de pompe. Elle se trouvera un autre blédard du même genre, et toi, tu seras en galère à cause de ce parasite.

— Ne t'inquiète pas !

— De toute façon, il te reste peu de temps avant la rentrée. Repose-toi bien, surtout.

— Les enfants vont bien ?

— Oui, très bien. *Hamdoullah.*

— Et maman ?

— Oh, tu la connais. Comme d'habitude. Essaie de l'appeler plus souvent, s'il te plaît. Le soir, elle embrasse ta photo en pleurant. Ça craint.

— Je l'appelle tout à l'heure. Promis !

— Inch Allah.

— Et le padre ?

— Toujours pareil. Hier, il a engueulé les infirmières qui voulaient lui mettre les chaussures orthopédiques qu'on lui a faites sur mesure. Il a crié : "Je veux pas porter des bottes de handicapé !" Alors voilà, maman continue à apporter du couscous le vendredi à l'équipe du service. Elle est persuadée que c'est grâce à tout ça qu'ils s'occupent bien de papa. C'est grave, il devient insupportable ! »

La vie suivait son cours, sans moi. Nice m'aurait davantage manqué s'il n'y avait pas eu ces succulentes brioches à la rhubarbe. Et aussi cette bibliothèque incroyable. Certains romans étaient même dédicacés par leur auteur. Liliane possédait la plus belle collection de livres qu'il m'ait été donné de voir. Je ne m'ennuyais presque plus.

Mon téléphone sonnait peu. Lorsque je l'ai senti vibrer dans la poche de mon jean, j'ai immédiatement pensé à elle.

« Allo ? Mourad ? »

C'était bien Dounia. Sa voix un peu rauque.

J'ai revu sa photo en une de *Nice Matin*. Ses cheveux courts. Son regard charbon.

« Allo ?

— Oui ?

— C'est Dounia…

— …

— Merci de me rappeler… Ça va ?

— Bien, et toi ?

— Ça va, merci…

— Écoute, ça me fait tout drôle de t'entendre. Comment dire… T'as une voix d'homme.

— Oui, c'est vrai que ça fait un bail, hein… »

Évidemment, la dernière fois que j'avais parlé à Dounia, je n'avais pas tout à fait fini de muer. Comme tous les garçons de 16 ans, j'étais un hybride : mi-enfant, mi-singe.

« Moi aussi, ça me fait bizarre de t'entendre. Je sais pas par où commencer, Dounia.

— C'est pas évident. On va essayer. Ça n'a pas été simple de te rappeler non plus. Alors maintenant qu'on y est…

— Je suis désolé. Je trouve ça dommage de te téléphoner dans ces circonstances, je te jure. Vraiment, j'aurais préféré que ça se passe autrement, mais voilà, papa a fait un AVC il y a quelques semaines et il est à l'hôpital.

— … C'est pas vrai ?

— Si.

— Merde. Putain, je m'attendais pas à ça. Et c'est grave ? Il a des séquelles ? »

Elle avait des trémolos dans la voix. J'y sentais de la tristesse, de la peur, de la culpabilité… Tout ça ensemble, un cocktail Molotov de sentiments.

« En fait, il a une hémiplégie droite et pas mal de soucis de mémoire.

— Il vous reconnaît quand même ?

— Oui, il nous reconnaît.

— Tant mieux… C'est gentil de me prévenir, Mourad.

— C'est normal. »

Il y a eu un long silence pesant, gris et cotonneux comme un nuage de milieu d'après-midi. Ces nuages qui te font te demander : « Qu'est-ce qui se prépare ? Une éclaircie ou un énorme orage ? »

« Tu sais, en vérité, c'est parce qu'il a dit qu'il voulait te voir.

— … Tu es sérieux ?

— Oui, je te le jure.

— Papa ? Il a voulu me voir ? C'est son idée ?

— Oui !

— Ça m'étonne beaucoup.

— Je t'assure que ça vient de lui. »

J'avoue que j'aurais sans doute été aussi sceptique à la place de Dounia. Je veux dire, connaissant le padre. Quand il a une idée, difficile de la lui enlever de la chachiya.

« C'est con. Je comprends pas. Pourquoi tu n'as jamais cherché après moi avant ? Il a fallu qu'il arrive un truc grave. C'est trop bête. T'imagines s'il en avait pas réchappé…

— C'est vrai. J'y ai pensé mille fois. Mais c'était pas évident. Je me suis toujours dit que t'avais pas envie de nous revoir. Et puis maman l'aurait mal pris. La manière dont tu es partie. C'était pour toujours.

— Mourad, t'étais le petit frère, mais je me suis toujours sentie proche de toi. Tu te rappelles ?

— Oui, pareil pour moi. »

J'ai repensé à la paire d'Adidas Stan Smith qui m'avait permis, pour la première fois de ma vie, d'être choisi par le capitaine de handball.

Avant ça, j'étais invisible, le dernier, celui qui restait assis sur le banc, tandis que mes camarades étaient appelés les uns après les autres pour former les équipes.

Il n'y avait plus que moi avec mes tennis bon marché, et l'autre, l'obèse morbide qui, à 12 ans, pesait 95 kilos et saignait du nez à l'idée de pratiquer les échauffements.

« C'est pas de ta faute. Tu es soumis à la dictature de maman. Comme les deux autres.

— Pas du tout ! C'est juste que, quand tu es partie, elle était effondrée…

— Oui, crises d'angoisse, hausses de tension… je connais, oui. »

Dounia a le cran de ne pas se contenter de le penser.

« Au début, j'étais furieuse, tu sais. Quand j'ai su que tu étais venu à la mairie, ça m'a mise hors de moi. Je me suis dit : ils sont gonflés. Personne n'a cherché à savoir comment j'allais pendant tout ce temps et, maintenant que j'ai un poste important à la ville, ils envoient Mourad. J'étais vraiment en colère. J'étais persuadée que c'était intéressé. J'ai pas imaginé qu'il y avait un problème de cet ordre.

— Intéressé de quoi, Dounia ? Tu croyais qu'on voulait te demander des tickets Nice-vacances ou un char pour le carnaval ?

— Écoute, Mourad… De toute façon, c'est inutile de remuer tout ça. Je suis désolée pour papa. Ça me rend triste de l'apprendre. Je dois réfléchir. Je sais pas si j'ai la force de pardonner. »

J'ai imaginé Mina assistant à cette conversation. Elle serait sans doute hors d'elle, le visage rouge avec de la fumée lui sortant des oreilles et des narines, comme dans un de ces dessins animés japonais. Elle crierait : « Quoi !!!! Parce qu'en plus c'est elle qui doit trouver la force de pardonner ??? »

« Mourad, tu étais trop jeune. Tu n'y comprenais rien. Ils ont d'abord eu l'idée de me marier, puis ils voulaient que j'interrompe mes études.

— Pour l'histoire du mariage, j'ai jamais su.

— Je pouvais pas rester et suivre la trajectoire médiocre qu'ils avaient tracée pour moi. Vraiment. Je suis une égoïste à tes yeux, je sais, mais la vérité, c'est que je suis pas juste partie avec un homme. Si je suis partie, c'est à cause de maman. Pour lui faire plaisir, j'aurais pu devenir la fille parfaite, faire le ménage, les lessives, l'accompagner au bled tous les ans. Évidemment, elle aurait continué à m'engraisser à coups de tajines et de gâteaux à la pâte d'amandes jusqu'à ce qu'un jour elle finisse par me trouver un bon petit mari dévoué et pas trop regardant sur le physique. Elle voulait me garder à côté d'elle pour toujours et faire de moi une vieille fille obèse et déprimée. »

C'est fou. On partage les mêmes cauchemars, Dounia et moi.

« Et ce gars maigre avec sa grosse montre ?

— Ça a été ma plus grosse erreur. Il était marié. Je ne le savais pas. Ça me fait vraiment un drôle d'effet d'en parler avec toi, ça me paraît tellement loin aujourd'hui, toute cette histoire. J'ai commencé une thérapie avec quelqu'un de formidable, un psy qu'un copain m'a conseillé. Je le vois deux fois par semaine. Il est super, vraiment. »

Je ne vais pas lui donner mon avis sur la question. Je déteste les psys.

« Je suis à Paris en ce moment, je dois voir mon éditeur, mon livre sort dans quelques jours. J'ai écrit un récit où j'évoque mon parcours, justement. Ça va s'appeler *Le Prix de la liberté.* »

Je ne lui ai pas donné mon avis là-dessus non plus. Je trouve ça carrément indécent. Ça fait récit post-libération d'otage. On croirait que Dounia a passé quatre ans dans une grotte en Afghanistan ou chez les FARC dans la jungle colombienne. Et encore, même Ingrid Betancourt a choisi un titre plus sobre et plus modeste pour son bouquin. Si maman apprend ça, j'ose même pas imaginer le nombre de boîtes de médicaments qui s'ajouteront à sa collection.

« Je suis une militante très active, tu sais, avec mon association. Le message c'est : Tu peux être qui tu veux être. Personne ne doit décider pour toi ce que tu deviendras. Enfin, je sais pas pourquoi je te raconte tout ça... En tout cas, je vais bien, Mourad. Je me sens sereine aujourd'hui. Je vais de l'avant. »

Sereine comme quelqu'un qui voit un psy deux fois par semaine ?

« Tu disais que tu es à Paris...

— Oui, absolument. Je fais le 6-9 d'Europe 1 et la quatrième de couv' de *Libé* pour la promo du bouquin. Je ne peux pas voir papa pour le moment. Je serai de retour à Nice dans quelques jours.

— Je suis à Paris aussi, c'est pour ça...

— Ah ! »

Encore ce « Ah ! »

« Je suppose qu'on se fait un déj' ensemble, alors ? »

Maintenant, Dounia a une vie de déj' et de psy.

Ah !

14

Les conventions

Miloud s'était disputé avec Liliane.

Encore.

Il y avait du monde. Des amis de Liliane. Des architectes, des réalisateurs, des sous-préfets, des peintres et ce type avec un strabisme qui vient souvent, celui qui organise des tournois de polo en Écosse ou quelque chose du genre.

Plaqué de tout son long contre le mur, Mario, le majordome, veillait à notre confort. Il se précipitait pour resservir les invités, tantôt en vin, tantôt en eau, tantôt en pain. Toujours aussi stoïque.

D'habitude, Miloud se contente d'être un beau garçon bronzé. Il lance des regards ténébreux, il trouve que ça lui donne un air profond. Quand les copains intellectuels de Liliane font des vannes, il fait mine d'en saisir le sens, quitte à rire plus fort que les autres, profitant ainsi de l'occasion pour exhiber ses dents neuves.

Ce soir-là, le type avec le strabisme, qui prétend fréquenter des lords et des vedettes, n'arrêtait pas de la ramener. Il venait tout juste de racheter une voiture anglaise ancienne pour le compte d'un Qatari fortuné et insinuait que, grâce à ce genre de transactions, il s'en mettait régulièrement plein les fouilles.

Le type était un quinqua ultra-libéral, divorcé, sans enfant, plutôt sportif, et qui adorait se donner l'air détendu. Un genre de mondain relax. On aurait presque pu y croire si le psoriasis débordant du col de sa chemise n'avait trahi une anxiété maladive. Son histoire sans intérêt semblait tout de même divertir Liliane.

Alors qu'il parlait de Dubaï, il a demandé : « Comment, Lili ! Tu n'as jamais emmené *Milou* à Dubaï ? »

Miloud, agacé, a répondu : « C'est Miloud. Il y a un "d " à la fin. Milou est le petit chien de Tintin. »

Le type au strabisme a ri. Il s'est tourné vers Liliane et a dit : « Tu sais ce qu'on dit des petits chiens, Lili ? Ils sont fidèles. Enfin, paraît-il… » Alors Liliane a souri en avalant une gorgée de vin. Miloud a eu un coup de chaud. Son sang a dû fermenter. Il était vraiment en rogne.

« C'est moi que tu traites de chien ? »

Miloud s'est levé, il a bousculé violemment le type au strabisme.

« Dis-le-moi dans les yeux, que je suis un chien, connard !

— C'était une plaisanterie, calme-toi, enfin !

— Regarde-moi dans les yeux et répète-le-moi comme un homme !

— Mais je te regarde dans les yeux, merde ! »

Liliane a essayé de calmer le jeu. Je voyais bien qu'elle n'avait jamais rien vécu d'aussi excitant de sa vie. On aurait dit une adolescente de 15 ans.

Le type a ajouté en réajustant son col : « Chez vous, on part au quart de tour, c'est dingue ! »

Pendant tout ce temps-là, Mario le majordome était resté de marbre comme une mariée en Algérie.

J'ai entraîné Miloud hors de l'appartement.

Il s'est mis à parler arabe pour la première fois depuis mon arrivée. Je me suis rendu compte que ça ne lui convenait pas si bien d'être le faire-valoir d'une riche divorcée qui rêve de passer sur le billard.

« Il n'aime pas les Arabes bas de gamme comme moi ! Il me déteste, moi et tout ce que je représente. Si j'étais un fils d'émir, il se serait écrasé comme une merde sous mes grandes chaussures de Qatari. En plus, il le sait très bien que je ne peux pas aller à Dubaï ! Je n'ai pas mes papiers ! »

Je me souviens de m'être demandé au sujet de ce gars couvert de psoriasis si son racisme était aussi convergent que son strabisme.

Miloud m'a dit : « *Yallah*, on va se changer les idées ! »

Quand nous sommes sortis de l'immeuble, à ma grande surprise, Miloud ne s'est pas dirigé vers le garage.

« On prend le métro ! »

J'ai pensé à ce film, *My Fair Lady*, en version franco-algérienne. Avec Miloud dans le rôle d'Audrey Hepburn, évidemment.

Tout à coup, son côté prolétaire resurgissait. Il a allumé une cigarette avant d'expédier un crachat qui a atterri au milieu du trottoir de toute sa lourdeur.

Miloud restait silencieux. Il ne m'a pas dit où il m'emmenait. Pendant ce temps, je découvrais les joies du métro parisien.

Dans le wagon, un jeune garçon filmait avec son smartphone sous les jupes d'une vieille dame qui s'était assoupie.

Quand on pense que *smartphone*, ça veut dire « téléphone intelligent ». Le soir même, cet abruti posterait sans doute la vidéo sur les réseaux sociaux et se trouverait gratifié d'une bonne vingtaine de *J'aime*.

Pas beaucoup plus loin, une quadragénaire tirée à quatre épingles peaufinait son maquillage. Elle appliquait son rouge à lèvres en faisant une grimace, ce qui la rendait temporairement laide. Je ne connais aucune femme qui soit belle en mettant du rouge à lèvres.

Miloud m'a dit alors en retrouvant son sourire tout neuf :

« Drague-la ! Elle te plaît, non ? T'arrêtes pas de la mater !

— Non, Miloud, pardon, mais les vieilles, c'est pas mon truc.

— Toi, tu aimes les blondes, j'ai remarqué !

— C'est faux ! Enfin, pas particulièrement. Pas plus que les brunes, par exemple.

— Mon cousin, tu es bizarre. À part les livres, tu ne t'intéresses à rien ! On dirait que tu es enfermé mentalement.

— Je trouve tout ce dont j'ai envie dans les livres.

— Dans les livres, il n'y a pas le rire d'une belle

fille, ni une paire de jambes, ni le parfum dans son cou.

— Si, détrompe-toi, il y a tout ! Tu vois, toi, tu vas au Club Med Gym pour te muscler les biceps sur des machines perfectionnées et tu paies un abonnement hors de prix…

— Tu sais bien que c'est pas moi qui paie, je m'en fous.

— Oui, c'est pas le sujet, Miloud. Je veux dire que, pour moi, lire, c'est pareil, je travaille mon imagination, mes sensations. Si les sentiments étaient des muscles, je serais un athlète. Tu comprends ? »

Alors il m'a regardé un moment en me dévisageant, puis a dit :

« Non. »

J'ai ri.

« Tu sais, j'ai déjà entendu des histoires bizarres chez les bourges. Des gens qui aiment les chaussures, les animaux, les collants ou les meubles. J'avais encore jamais rencontré quelqu'un qui est excité par les livres. »

J'ai ri, puissance 10.

« Tu sais, si c'est parce que tu es pédé, je te jure de ne rien dire à ta mère. Fais-moi confiance, j'ai un ami, Karim, il vit à Argenteuil, de temps en temps, il tient compagnie à des chanteurs de raï quand ils ont des concerts en région parisienne. Des fois, ils se sentent seuls dans leur hôtel, ils préfèrent la discrétion, un coup de fil à Karim, il prend sa voiture, il vient. C'est son truc, je ne le juge pas…

— Ça n'a rien à voir ! Je suis comme toi, j'aime bien le raï. Pas les chanteurs de raï. »

Miloud est vraiment plus drôle quand il est dans le métro, à l'écart des conventions à dix couverts de la table de Liliane.

15

Le Saphir bleu

Je n'avais jamais mis les pieds en boîte de nuit. Encore moins dans un cabaret raï.

Au fond d'une impasse pavée et mal éclairée, la pluie s'est abattue sur nous. Début de soirée en périphérie de Paris.

On se serait crus dans une scène de film policier américain.

Pas français, non.

Parce qu'un film policier français commence toujours dans un commissariat. Il est entre 9 heures et 17 heures, le commissaire est un peu gros, il a la soixantaine et une voix rauque. Malgré ses ennuis de cholestérol, il vient d'entamer un sandwich jambon-beurre-mayonnaise lorsqu'un jeune flic inexpérimenté frappe à la porte du bureau. Comme s'il y avait urgence, il crie : « Commissaire ! On a retrouvé le corps d'une prostituée dans la Seine ! »

Le commissaire enfile son imperméable à toute vitesse en emportant son sandwich, qu'il a l'intention de finir en route. C'est dans un film français et c'est quand même un sandwich à 3,30 euros, alors faudrait pas gâcher. Avec toute la fougue que nécessite son métier, il grimpe dans la C4 banalisée de la patrouille. Au passage, il y a un gros plan sur le sigle Citroën. Un hommage au *made in France* ? Le commissaire mènera l'enquête au prochain épisode.

Le commissaire brûle tous les feux d'un boulevard pour arriver au plus vite sur le lieu du crime, au cas où le cadavre reprendrait vie. En route, il pense à téléphoner à son fils adolescent pour être sûr qu'il est bien rentré à la maison et qu'il a fait ses devoirs de sciences nat'.

Un film policier français, quoi. D'où la précision.

Nous avancions vers la musique, et une enseigne clignotante, *Le Saphir bleu*, suivait étrangement le rythme des basses. Après avoir poussé les portes battantes, Miloud est tombé dans les bras des videurs, dans une longue étreinte humide.

« Eux et moi, c'est comme des frères ! » a-t-il dit en les désignant du doigt.

Les deux colosses avaient des nuques si larges qu'on aurait pu dessiner la carte de l'ex-URSS dessus.

Miloud a soupiré, puis a soufflé : « Ici, j'ai l'impression de rentrer à la maison. »

La fille du vestiaire a reconnu Miloud : « Hou là là... *H'mar mette.* »

J'adore cette expression ; en arabe, elle signifie lit-téralement : « Un âne est mort. »

Ma mère l'emploie quand il se produit une chose rarissime et qu'elle s'en étonne. Par exemple quand mon père se mettait à faire du tri dans son garage, elle lui disait : « Yééé, tu ranges ton souk, toi ? *H'mar mette !* »

Il doit y avoir évidemment un rapport avec l'espé-rance de vie des ânes, qui est plutôt longue. Elle est au moins d'un tiers supérieure à celle des chevaux. J'ai lu ça quelque part, un jour.

Madame vestiaire s'appelait « Sousou ». Un sur-nom, enfin, c'est ce que j'ai supposé. Miloud l'a embrassée sur les joues, puis dans le cou. Elle l'a repoussé en riant : « Dégage de moi ! » Décidément, elle avait des expressions intéressantes.

Elle lisait un magazine « people ». En une, le visage d'une jeune fille m'était familier.

Je l'ai très vite restitué : siège 12 C, côté couloir. Le magazine titrait : « Choc : Cindy révèle au groupe le cancer de sa mère ! »

J'ai eu envie de dire à Miloud et à sa copine Sou-sou : « Hey, je la connais ! » Pour faire mon intéres-sant.

Dans la salle, les gens dansaient les bras très écar-tés, gardant leur verre à la main. Ils riaient, chan-taient, s'enlaçaient. Les jeux de lumière donnaient à ce cabaret l'allure d'une émission de variétés des années 80. J'observais ce spectacle nouveau pour moi.

Certains hommes en étaient à leur quatrième bouton de chemise ouvert et le décolleté des danseuses débordaient de billets de 10 euros.

Un jeune DJ dédiait des chansons à des gens absents. Des amis restés en Algérie, sans doute. Il balançait des noms de familles, de quartiers, de rues, de villages. Ça avait l'air de lui faire plaisir, de l'émouvoir, presque.

J'ai pensé que ces gens absents, au même moment, pouvaient être eux-mêmes dans un cabaret où l'on dédiait des chansons à d'autres gens absents.

J'ai pensé à l'expression « les absents ont toujours tort ».

En regardant tous ces gens, j'ai eu le sentiment de solitudes se croisant. J'ai imaginé que chacun était là pour oublier quelque chose.

Miloud cherchait à oublier son obsession pour cette mouche se noyant dans un café froid. Moi-même, je chassais de mon esprit l'image d'un père semi-mort et d'une mère-pieuvre aussi aimante qu'envahissante.

Pendant ce temps, il coulait du raï.

Déjà très éméché, mon cousin soutenait que les stars américaines de la chanson devaient beaucoup aux Algériens. Il a dit en hurlant et en postillonnant dans son verre : « Parce que le vocodeur, qui l'a introduit dans la musique à ton avis ? Hein ? C'est nous ! »

Rihanna remerciera-t-elle un jour Cheba Djenet pour *Matejebdoulich* ? Le mystère reste entier.

Un petit attroupement s'était formé autour de deux gaillards. L'un, qui portait une veste en simili-cuir trop grande, reprochait à l'autre de l'avoir regardé de travers. L'autre, en guise de réponse, lui a fait un doigt en disant : « Assieds-toi là-dessus, connard ! »

Du coup, le type en simili-cuir est parti au simili-quart de tour. Alors les deux copains videurs de Miloud ont amené leur grande nuque au bar et, ni une ni deux, ont dégagé le type en lui disant : « Sami, arrête de boire ! Tu sais pas boire ! »

Soit dit en passant, j'adore l'expression « ni une ni deux » et je me sens heureux quand je l'emploie.

Miloud continuait de boire. Faut-il savoir boire ? Y a-t-il une manière de boire ? Autant de questions qui resteront sans réponse. Pour ma part, j'étais au soda. Du Ifri fraise. Une boisson du bled. Un genre de diabète gazeux.

Alors qu'on envoyait le morceau culte de Cheb Hasni, *Mazal souvenir andi*, mon cousin s'est mis à pleurer. Il a littéralement éclaté en sanglots comme une adolescente après un dépucelage raté. Il était inconsolable.

Je lui ai vaguement tapoté l'épaule, gêné.

Face à nous, j'ai remarqué un travesti qui portait une perruque rousse. Il fumait comme un homme et dansait comme une femme. Si ses genoux n'avaient pas été aussi calleux, il aurait eu la paire de jambes parfaite.

Il n'arrêtait pas de nous regarder.

Tout à coup, il a ajusté sa longue chevelure synthétique et, perché sur ses hauts talons à strass, il s'est dirigé vers notre table.

« Hé, toi ! Arrête de pleurer ! Reprends-toi ! Tu es un homme ! Merde !

— Et toi ! Tu t'es pas vu ?!

— Moi, c'est pas pareil !

— Je pleure parce que c'est dur ! C'est trop dur, cette vie de chien.

— C'est dur pour tout le monde ! On a tous notre part, ici ! J'ai horreur des hommes qui pleurent, c'est dégueulasse. Regarde, tu es beau, tu es mince et tu portes une veste qui vaut au moins 500 balles. Allez, ça suffit… »

Il a pris Miloud dans ses bras pour le consoler.

Après ça, il a ouvert son petit sac à main doré et lui a offert un mouchoir.

« Allez, va ! C'est un coup de cafard, ça va passer. »

Ensuite, il est retourné à la table de ses copines et s'est servi une coupe de champagne. Il a levé son verre en nous regardant, l'air de dire : « À la vôtre ! »

Quand on a quitté *Le Saphir bleu*, c'était l'aube.

On entendait des oiseaux. Je trouve ça angoissant, d'entendre les oiseaux chanter au petit matin. Si j'étais musicien et que je devais composer la bande originale d'un cauchemar, l'intro de l'album, ce seraient des chants d'oiseaux à l'aube. *Track 1 : Scary Birds*.

Miloud titubait et, tant bien que mal, je l'aidais à avancer. Après quelques mètres, il a eu envie de pisser, ce qu'il a fait, contre un mur, en disant : « Je pisse sur vous. Je pisse sur tous les millionnaires. Je pisse sur l'exil. »

On aurait dit qu'il lisait l'épitaphe d'un poète maudit.

Nous changions de direction toutes les minutes. Je ne connaissais toujours pas Paris sur le bout des doigts et Miloud était beaucoup trop désorienté.

Tout à coup, le temps s'est comme suspendu. Un vieil homme en blanc marchait dans notre direction. Chachiya et tunique, visiblement, il allait prier. Il ressemblait à s'y méprendre à notre grand-père, Sidi Ahmed Chennoun. Miloud, en le regardant, s'est remis à sangloter.

Il a murmuré : « Qu'est-ce que je fous de ma vie ? »

Dans le premier métro, une femme noire avait le front appuyé contre la vitre et regardait ses pieds. Chapelet dans la main, elle faisait rouler les petites billes de bois usées sur les extrémités de ses doigts fins. Vu l'heure qu'il était, j'ai pensé qu'elle devait être femme de ménage chez un sous-traitant. Qu'elle irait sûrement nettoyer une quinzaine de bureaux ce matin. Son visage était rond et lisse. Une très belle femme qui paraissait usée, autant que les billes de son chapelet.

De retour chez Liliane, nous sommes allés tous les deux dormir dans la chambre d'amis. Miloud est tombé raide mort au beau milieu du lit. Ce qui est bien avec les king size, c'est que, même avec un mec bourré en travers, tu as encore assez de place pour t'étaler comme un pacha.

16

Le dej'

J'avais reçu un SMS la veille au soir. « *Rendez-vous au premier étage du Flore, métro Saint-Germain, à 12 h 30 ?* » J'ai évidemment répondu OK. J'avais ajouté un « *Bisou* » que j'ai aussitôt effacé. Ça me paraissait prématuré.

Est-ce qu'elle prenait tous ses rendez-vous au Flore rapport à Simone de Beauvoir ? Parce que si c'est le cas et qu'elle se tape un délire genre héritière des grandes figures du féminisme, ça devient limite embarrassant.

J'avais le trac. Des bouffées de chaleur. Et l'impression d'avoir une pastèque dans l'estomac.

Il y avait l'inquiétude des retrouvailles, mais aussi la culpabilité. Que je traîne encore. Que je traînerai toute ma vie comme une chienne chétive me poursuivant sans relâche en me reniflant le derrière.

J'ai pensé à ma mère et à Mina. Qu'est-ce qu'elles diraient ?

J'avais l'impression de rejoindre le camp adverse. Si elles l'apprenaient, elles penseraient que j'étais un traître.

Même si c'est difficile de l'envisager, à l'origine d'une trahison, il y a souvent de bonnes intentions.

Bien sûr, j'étais arrivé très en avance au rendez-vous. D'une demi-heure au moins.

J'ai d'abord commandé un Perrier rondelle. Ensuite, j'ai dit : « Euh, attendez ! » Le serveur est revenu sur ses pas. « Finalement, je vais prendre un café allongé... » Il avait l'air agacé, alors j'ai dit, gêné : « Euh, non... Laissez tomber, je prends le Perrier... »

Il est reparti en soupirant. Je me suis senti con.

À la table d'à côté, il y avait trois touristes, des Américaines, je dirais, rapport à l'accent. Ça m'a rassuré. J'ai pensé : « Ouf, elles ne parlent pas français, elles n'ont donc rien pigé à mon échange avec le serveur désagréable et n'ont pas mesuré mon incapacité à m'affirmer. »

Les Américaines étaient en short, comme toutes les Américaines en vacances. Des shorts vraiment courts qui laissaient apparaître leur peau. Une peau blanche, laiteuse et si fine qu'on voyait presque le voyage du sang dans leurs vaisseaux. Ça donnait envie de pincer et d'attendre l'apparition d'un hématome.

L'une des filles a pêché la rondelle de citron qui

flottait dans son soda, puis l'a donnée à sa copine, qui a mordu dedans.

J'ai eu envie de faire la même chose.

Seulement, l'acidité m'a picoté jusque dans la gencive et m'a fait grimacer comme le chimpanzé vedette d'un cirque itinérant.

Je repensais à ma conversation de ce matin avec ma mère. J'avais téléphoné à la maison, l'air de rien, pour prendre des nouvelles.

« Mon cœur est fendu ! Il est déchiré ! Je te croyais mort ! Je suis vraiment déçue. D'après toi, je ne mérite même pas un coup de fil ? Est-ce que tu sais que je dors avec ta photo ? Celle où tu portes la chemise bleue et ton appareil dentaire... Je croyais que tu comprenais la valeur d'une mère... Tu sais ce que c'est de porter un enfant dans son ventre ? De le nourrir de son sein ? De veiller quand il a de la fièvre ? De s'inquiéter pour lui le soir et le matin ? Je suis fâchée ! Très fâchée ! »

Huit jours sans téléphoner = fin du monde.

« Pardon, maman. Excuse-moi. J'ai été occupé ici. Et lundi, c'est la rentrée, il fallait que je me prépare. »

Oui, j'ai menti. En vérité, je me prélassais. Je lisais mes auteurs russes préférés, allongé en caleçon sur un lit king size honteusement confortable. Mais j'avais peur. Peur qu'elle devine tout, juste au son de ma voix. Avec son flair, son *nif,* ses intuitions de mère algérienne, j'étais persuadé qu'elle comprendrait que je complotais avec l'ennemi.

« Vous n'êtes que des ingrats ! Tu sais que, les gens

qui se conduisent mal avec leur maman, ils n'arrivent jamais à rien ? Tu le sais ? Ils sont maudits !

— Je le sais, maman.

— Qu'est-ce qu'il y a ? Tu es bizarre !

— Rien, maman. Tout va bien !

— Tu en es sûr ? J'ai l'impression que tu me caches quelque chose ! Je te connais, Mourad ! Tu as une voix pas comme d'habitude !

— Mais non, je te dis, ça va, maman.

— Malheur ! Tu as dormi avec une femme ?! C'est ça ? Hein ? Dis-moi la vérité !

— Maman !!! Non, y a rien ! Arrête !

— Fais attention à toi. Je le sens quand il y a quelque chose, je le sens dans mon ventre.

— Sinon, comment ça va ? Et papa ? La rééducation, ça avance ?

— Avec ton père, ça n'avance pas. Ça recule !

— Pourquoi ça ?

— Il s'est mis en tête que ça ne servait à rien ! Je vais le voir à l'hôpital tous les jours que Dieu fait ! De 12 heures à 21 heures ! Je lui mets la cuillère de nourriture jusque dans la bouche. Je lui fais aussi la toilette parce qu'il refuse que ce soit quelqu'un d'autre ! Et pour la rééducation, il nous dit : "C'est pas la peine ! Je suis vieux ! C'est fini pour moi !"

« C'est un égoïste ! Par sa faute, c'est pour moi que c'est fini en vérité ! Il râle après tout le monde. Les infirmières noires, tu sais, elles l'insultent dans leur langue ! Et si je parlais cette langue, je ferais comme elles.

— Et les médecins ? Qu'est-ce qu'ils disent ?

— Tfou, les médecins ! Tfou ! Pourquoi faire dix ans d'études, hein ? Je leur apporte des gâteaux, du couscous, et ils me disent : "Votre mari n'a pas envie de se bagarrer. On ne peut pas travailler à sa place. Il faut qu'il ait l'envie !" J'ai vu les exercices qu'ils font, ils sont nuls ! Ils lui font éplucher des pistaches et attraper des pièces de monnaie. Il remue à peine les doigts.

— C'est l'ergothérapie, maman, pour la motricité fine.

— Et tu sais pas la meilleure ? Maintenant, quand il est contrarié, il me dit : "De toute façon, quand je serai mort, tout le monde sera content !" Tu te rends compte ?! Hier encore, il m'a dit : "Djamila, jette-moi par la fenêtre !" Alors tu sais ce que je lui ai répondu : "Même pour ça, tu as besoin de moi !"

— Tu tiens le coup quand même ?

— Si je ne tiens pas le coup, qui va le tenir à ma place ? Hein ? Un fils qui me téléphone une fois par an ? Tu sais, mon moral, il est zéro, zéro, zéro. À ma place, une autre femme, elle aurait fait ses bagages et se serait tirée en Algérie sans regarder derrière… Mais je fais mon devoir. C'est mon devoir. »

Bien sûr, elle est très dévouée. Comme toujours. Elle en fait beaucoup. Comme toujours. Ça, ce n'est pas très gênant. Ce qui est terrorisant, c'est qu'elle en attend autant en retour.

Évidemment, ce n'était pas le moment de lui dire que j'allais revoir ma sœur.

Une semaine sans l'appeler et elle était déjà grièvement blessée, alors j'osais à peine imaginer sa réaction : « Tu sais, maman, je déjeune avec Dounia ce midi et elle va sûrement te cracher sur le dos pendant des heures. »

À bien y réfléchir, le padre n'est pas le seul à avoir besoin d'une rééducation.

On devrait tous en faire une, de rééducation, dans cette famille, reprendre les bases, attraper des pièces de monnaie et éplucher des pistaches dans notre tête. Une rééducation de groupe. Pour repartir de zéro. Mais c'est toujours la même rengaine, personne ne repart jamais de zéro, pas même les Arabes qui l'ont pourtant inventé, comme dirait le padre.

Dounia est entrée dans le café. Elle était au téléphone et me cherchait du regard, alors j'ai fait un signe de la main droite, qui était affreusement moite. Elle m'a vu et a raccroché. Je me suis levé. J'étais crispé, aussi raide que Mario, le majordome de Liliane.

C'était vraiment émouvant, je dois avouer. J'étais au bord des larmes, mais le padre a dit qu'un homme, ça ne pleure pas, et le travesti du *Saphir bleu*, avec sa perruque rousse, a même dit que c'est dégueulasse, un homme qui pleure.

Ça faisait un drôle d'effet de voir Dounia s'avancer vers moi. Je l'ai bien regardée. Je l'ai trouvée maigre.

Elle a posé délicatement son sac à main sur la chaise et, après une légère hésitation, elle m'a sauté au cou. Elle disait : « Oh là là… Mourad ! » en me serrant contre elle. Elle sentait le yaourt aux fruits rouges. On s'est regardés longuement, debout, face à face.

Les Américaines nous observaient discrètement. Enfin, une discrétion à l'américaine, quoi, façon Middle West.

L'une d'elles a dit en plissant le nez : « Oooh cuuuute ! »

Elles ont dû imaginer les retrouvailles de deux amoureux. Vous êtes vraiment à côté de la plaque, les blondes en short. C'est une tout autre histoire qui se joue ici.

Dounia a ouvert son sac à main, les yeux embués, exactement comme la dernière fois que je l'avais vue. Elle fouillait. C'était un peu long. Alors, pour évacuer mon malaise, j'ai dit : « Il est joli, ton sac à main. » Elle a souri et a répondu : « C'est vrai ? Tu aimes ? C'est la nouvelle collection Balenciaga. »

Je n'avais rien à ajouter à ça.

Elle a fini par sortir un livre de son sac à main luxe et me l'a tendu : « Tiens ! C'est ton exemplaire. Tu verras, je te l'ai dédicacé, mais ne lis pas tout de suite, s'il te plaît, ça me gênerait… »

J'ai regardé le bouquin en faisant celui qui ne s'y attarde pas trop non plus. Il y avait sa photo sur la couverture. Une belle photo de Dounia. Son visage paraissait moins creusé. Et sur un bandeau, il était ins- crit : « *Présidente de l'association Fières et pas connes* ».

« J'espère que tu prendras le temps de le lire. Tu me diras sincèrement ce que t'en penses, hein ? »

Jamais de la vie.

« Bien sûr ! »

Le serveur désagréable est revenu à la table. Il a demandé très poliment ce que Dounia désirait boire. Il a été courtois cette fois-ci, avec ma sœur et sa petite robe en lin.

Dounia a commandé un soda sans sucre. Sûrement pour être en harmonie avec le sac et la robe.

En une demi-heure, j'avais largement eu le temps de siffler mon verre. Même les glaçons avaient fondu, aussi vite que les rêves d'un funambule à qui on apprend qu'il est atteint de la maladie de Parkinson.

J'ai demandé à Dounia : « Alors, tu viendras voir papa ? »

Je n'avais aucun argument pour la convaincre. J'étais assis là, bras écartés et coudes posés sur la table, aspirant dans ma paille.

Alors elle a répondu : « Voir papa, ça veut dire aussi revoir maman et Mina. »

Les Américaines quittaient les lieux. Sans doute pour aller faire du shopping boulevard Saint-Germain.

Je regardais Dounia bêtement en espérant qu'elle accepte.

J'étais comme ces candidats à l'embauche pour leur premier entretien. Peu diplômés, sans aucune expérience, ils n'ont rien à mettre en avant. Ils espèrent juste que le charme va opérer. Ils répondent aux questions par oui ou par non et sont si transparents qu'on y voit à travers. Ce sont les mêmes qui écrivent « *cinéma, lecture, voyages* » dans la catégorie « Loisirs », en dernière ligne du CV.

Si j'avais été en face de moi-même, je me serais dit, dans une poignée de main molle : « On vous rappellera ! »

Dounia m'a dit : « Mourad, tu devrais faire attention à la façon dont tu te tiens. Tu vas finir avec une scoliose ! » Je me suis redressé sans broncher. J'ai bien failli répondre : « Chef, oui chef ! »

Dieu merci, le service militaire n'est plus obligatoire en France. Et s'il l'avait été, c'est certain que ma mère aurait élaboré un stratagème subtil pour me faire classer P4.

À ce propos, c'est pour échapper au service national en Algérie que Miloud s'était inscrit dans une université à Paris. Il avait eu droit à une exemption. Il m'avait dit : « Dans mon cas, c'est pas la fuite des cerveaux, mais la fuite des lâches ! »

Contrairement à ce que je pensais, Dounia n'a pas commandé une salade chèvre chaud, mais un steak tartare.

Manger un steak tartare, voilà de l'intégration ou je ne m'y connais pas.

Parce qu'apprendre la langue, respecter les institutions de l'État, épouser la culture du pays en chérissant ses grands auteurs, marcher pour la gloire de la nation, tout ça n'est rien comparé à l'engloutissement de viande hachée crue qu'on écrabouille avec un jaune d'œuf et des condiments.

Choc des cultures.

Soudain, j'imagine l'oncle Aziz, assis à table avec nous.

Lui, l'agriculteur téméraire qui en 2013 porte toujours fièrement sa *rezza,* un turban jaune traditionnel qu'il enroule autour de sa tête. Lui, l'homme qui murmurait à l'oreille des moutons juste avant de leur trancher la gorge. Celui à qui il suffit de cracher un noyau pour faire pousser un arbre.

« Regarde, tonton, ce plat de viande crue coûte 27 euros. Environ 2 800 dinars ! »

Je l'imagine, secouant la tête, dépité : « Tfou ! »

Oui, apprécier cette bouillasse chère à la gastronomie française, c'est indéniablement un énorme effort d'intégration.

Je regardais Dounia mastiquer sa viande crue, je dois l'avouer, avec un peu de dégoût. Je ne pouvais m'empêcher de penser à cet *Homo erectus* anonyme auquel on doit la découverte du feu 400 000 ans avant Jésus-Christ, et auquel Dounia ne rendait pas justice.

Tout en poursuivant notre repas, je lui ai donné des nouvelles de la famille. J'ai dit ce qui me paraissait essentiel.

Ça faisait halluciner Dounia de savoir Mina mariée et mère de trois enfants.

Elle avait les yeux écarquillés comme un président sortant devant les résultats du second tour.

« Je sais pas, moi, ça m'angoisse, ces parcours tracés d'avance. Pourquoi mener une vie monolithique, marcher dans les pas de maman ? Travailler à la maison de retraite, épouser un blédard…

— Personne n'a dit que c'était un blédard ! Il est né ici, comme nous ! Et puis, c'est un mec très sympa, Jalil.

— Ah bon ? J'espère que c'est pas un hystérique qui va la coincer à la maison, la forcer à porter le voile, macho et compagnie !

— Pas du tout ! Arrête avec ça ! Quel est le rapport ? Et puis tu sais très bien que personne n'obligerait Mina à quoi que ce soit. »

Sa remarque me donnait envie de fourrer de la viande hachée crue dans son sac à main. Ça virait à l'obsession.

« Je sais pas… Je pourrais pas, perso.

— Tu pourrais pas quoi ?

— Me mettre en couple avec un mec… qui soit comme moi. Quelqu'un qui me ressemble trop.

— C'est pas parce que Jalil est un Arabe qu'il ressemble à Mina. Toi-même, sa propre sœur, t'es tout le contraire d'elle.

— Ça n'a rien à voir. Je veux dire, il lui a quand même fait trois gamins ! Et puis, se caser avec un mec de la même origine que toi, avec les mêmes références, les mêmes codes, la même éducation, dans un couple, ça prive de beaucoup d'enrichissement.

— Ou pas. Ça prive peut-être de beaucoup d'emmerdements. »

Je pensais à Miloud et Liliane, qui ne sont évidemment pas une référence en matière de couple.

En tout cas, si claquer la porte au nez de ses parents et se couper de ses racines, ça menait vers l'*enrichissement*, on l'aurait su. Pour le moment, tout ce que je voyais, c'était que ça menait au cannibalisme.

Cette conversation a créé un petit malaise. Dounia, qui est tout de même une femme intelligente, malgré ses certitudes et un morceau de câpre entre les dents, l'a senti et a dit :

« Bon, j'ai aucune leçon à donner… à 36 ans, je ne suis pas mariée et je n'ai pas d'enfants ! C'est certain qu'au bled on m'aurait jetée aux ordures, à mon âge ! »

Il y a eu cette profonde tristesse qui s'est invitée dans son regard charbon. Et j'ai eu de la peine.

« Et toi, Mourad ? Tu as quelqu'un ?

— Moi ? Euh… non… j'ai personne.

— Ah bon ? Et comment ça se fait ? T'es devenu plutôt pas mal ! »

J'ai rougi.

« C'est parce que j'ai pas la tête à ça. Je travaille beaucoup.

— Travailler, ça n'a jamais empêché les gens de tomber amoureux ! »

Elle a dégainé sa carte bancaire gold qu'elle a agitée entre ses deux doigts maigres en direction du serveur. En bonne *working girl* qui se respecte, elle a réglé l'addition en écoutant ses messages, le BlackBerry calé entre l'oreille et l'épaule.

On s'est enlacés longuement, mais j'ai eu l'impression d'avoir une inconnue dans les bras. Une inconnue qui sentait le yaourt aux fruits rouges.

« Je ne me sens pas capable d'y aller seule. Je veux bien si on y va tous les deux. »

Alors on s'est donné rendez-vous dans deux mois. Aux prochaines vacances scolaires. Ça me laisserait le temps de préparer le terrain. Elle a ajouté : « Appelle-moi quand tu auras lu le bouquin ! »

Je l'ai accompagnée à une station de taxis. Elle s'est engouffrée dans une Skoda noire à l'avant de la file et, en souriant, elle m'a dit : « À très vite, p'tit frère ! » Puis elle m'a fait son fameux clin d'œil qui réinstaurait une sorte de complicité entre nous.

Ça ressemblait à une scène du téléfilm de l'après-midi sur Dubaï TV.

Les liens du sang, c'est quelque chose.

17

La rentrée

Miloud et Liliane s'étaient réconciliés.

Encore.

Ils avaient passé une semaine loin de Paris pour se retrouver et faire le point sur leur *relation*.

Une suite au Royal Barrière à Deauville, quelques soins au SPA de l'hôtel et c'était reparti comme en 55, année de naissance de Liliane.

Depuis leur retour, ils étaient de nouveau scotchés l'un à l'autre comme des lycéens. Et Miloud avait finalement accepté qu'elle fasse un lifting *léger* chez ce chirurgien réputé que toutes ses copines lui recommandaient chaudement depuis des mois.

Par curiosité, j'avais tapé « *Lifting* » sur Youtube.

Je suis immédiatement tombé sur une vidéo atroce mise en ligne par un chirurgien espagnol. Il étirait tellement la joue de sa patiente qu'il aurait pu l'utiliser en guise de film plastique pour protéger ses restes de gratin dauphinois.

Il s'est mis à couper tout droit avec une paire de ciseaux dorés. La lamelle de peau, large de deux centimètres, est tombée à la manière d'une tagliatelle *al dente* sur le sol carrelé. Ensuite, tout près de l'oreille, il a fait un ourlet digne d'une petite couturière sri-lankaise. Tout était apparent sous la peau. Le chirurgien espagnol avait scalpé cette pauvre femme, en mode chef sioux libéral.

En fond, dans la salle d'opération, on pouvait entendre *I Just Called To Say I Love You* de Stevie Wonder. Glauque.

J'ai eu la même sensation qu'en passant devant la vitrine de la boucherie chevaline près de chez nous, à Nice. Ce sont des choses qu'on ne devrait jamais voir.

Ce matin-là, je m'étais levé avant l'aube. Mario était déjà debout.

Peu importe l'heure à laquelle on se lève de toute façon, Mario est déjà debout.

Je crois qu'il ne dort jamais. C'est un robot. Sans émotions, sans fatigue, sans opinions. Il trottine. Il flotte dans cet immense appartement comme un fantôme. Il n'a jamais un pli sur la chemise. Il ne fronce jamais les sourcils. Il ne sourit jamais. On ne l'entend ni tousser ni éternuer.

C'est un mystère pour moi. Liliane elle-même, qui est sa patronne depuis plusieurs années, ne sait rien de lui. Elle a même trouvé curieux que je pose des questions à son sujet. Peut-être que ça ne se fait pas de s'intéresser aux domestiques ?

Je m'étais tortillé près d'une heure dans les W-C en espérant que l'Immodium ferait son effet rapidement. La tête en surchauffe, je restais là à grouiller comme un ver. On aurait dit un roi destitué peinant à quitter son trône.

Malgré un petit déjeuner raffiné, préparé avec soin par Mario, le majordome robot, je n'ai rien pu avaler.

J'ai pensé à ma mère. Elle m'a manqué. Peut-être pour la première fois depuis que j'étais à Paris.

Un petit mot réconfortant. Des encouragements. Un quelque chose de sa part aurait été le bienvenu.

J'avais déniché sur le site de la RATP un itinéraire détaillé pour aller à Montreuil, que j'avais imprimé et rangé dans la poche de mon jean avant de lacer mes chaussures neuves. Des mocassins en daim, marron, d'une grande marque italienne, offerts gentiment par mon hôte Liliane comme cadeau pour ma première rentrée des classes en tant que professeur stagiaire.

Première rentrée des classes en tant que professeur stagiaire… si je le répète encore, je pense qu'il me faudra avaler toute la plaquette d'Immodium.

Aujourd'hui, ce n'était pourtant que la rentrée des professeurs.

Je n'osais même pas imaginer mon état quand je serais face à mes élèves.

Ça avait commencé sévèrement. Fin août, je m'étais retrouvé au rectorat de Créteil, dans une sorte de réunion de bienvenue digne d'un rassemblement sponsorisé par Prozac France. Il y avait un avant-goût d'abandon. J'ai compris tout de suite que la mue serait brutale. On nous demandait de passer radicalement du statut d'élève à celui de prof. Sans préparation. À sec.

Cette réunion au rectorat ressemblait à un viol collectif de tous nos idéaux.

Comme dans les bons polars, il y avait un gentil flic et un méchant. Le premier inspecteur, qui transpirait le magnésium, la vitamine C et l'enthousiasme, a pris la parole en premier. Il a commencé en disant : « Beaucoup d'entre vous sont là sans l'avoir voulu. » Ensuite, il nous a joué un hymne au pipeau sur le mode « On a besoin de vous ! ». Un genre d'Oncle Sam envoyé par l'Éducation nationale, qui savait parfaitement simuler la joie. Le genre de gars qui trouve que tous les bébés sont beaux. Il trouvait aussi que l'académie de Créteil était dynamique et passionnante. Bon.

L'autre inspecteur, qui avait gardé les bras croisés depuis le début, nous a longuement observés avant de parler. Ensuite, il a levé les yeux au néon et a inspiré une grande bouffée d'air.

« Être prof, c'est un deuil. »

En marchant, entre les rangs, il a poursuivi :

« Oui, c'est un deuil. Un deuil de votre passion pour la littérature, un deuil de tout ce qu'on vous a appris à l'université… »

Sans aucune émotion, il a déballé la liste de tout ce à quoi nous devions renoncer en se faufilant entre les rangées de chaises.

On nous a rassurés aussi ; il y aurait une journée de formation par semaine à l'IUFM et, dans notre établissement accueillant, l'un des profs de la même discipline deviendrait notre tuteur.

Bon.

Puisqu'on était si bien *accompagnés*, pourquoi la séquence intitulée : *Comment donner son premier cours* n'était dispensée à l'IUFM qu'au mois de novembre ? Simple question.

Alors que je commençais mon travail de *deuil*, voyant que les jours passaient et que je n'avais aucune information sur la rentrée, j'ai décidé de téléphoner à mon futur collège.

Ma voix tremblait un peu. J'ai demandé à parler au principal, monsieur Desclains, qui, lui, avait l'air assez détendu. Il n'arrêtait pas de dire : « Pas d'inquiétude ! Tout va bien se passer ! »

À un moment, il a même ri, comme s'il discutait avec un bon copain. Il a ri en *ho ho ho*. Car les hommes de pouvoir rient souvent en *ho ho ho*. Prenez par exemple le père Noël, les patrons du CAC 40 ou les chefs d'État de l'hémisphère Nord.

Tandis que la *middle class* rit davantage en *ha ha ha* et les marginaux en *hi hi hi.*

Le *hi hi hi* est vraiment marginal.

« Ho ho ho ! Vous êtes inquiet, c'est normal ! Vous verrez, vous vous plairez dans notre collège. À Gustave-Courbet, il y a une équipe très sympa ! »

Il a dit « Gustave Courbet », et j'ai encore pensé

à ce tableau, *L'Origine du monde*. Soudain, une angoisse m'a envahi. Est-ce que j'allais visualiser ce tableau à chaque fois qu'on dirait « Gustave Courbet » ? Parce que ça risquait d'arriver souvent cette année. Cette femme du tableau, j'avais entendu dire sur une chaîne d'info qu'on avait retrouvé son visage. Peut-être qu'un jour on retrouverait finalement sa culotte.

« Je ne sais pas encore quelles classes vous m'avez attribuées…

— Vous aurez des sixièmes et des quatrièmes, monsieur Chennoun.

— Et pour les manuels scolaires ?

— Eh bien, a priori, on vous les prêtera. Il faudra aller les chercher au CDI.

— D'accord. Quand ça ?

— Le 4 septembre.

— Le jour de la rentrée, donc ?

— Ho ho ho ! Absolument. Le jour de la rentrée. »

Ça ne lui semblait pas trop tard. Détente maximum.

J'ai finalement demandé les références des manuels, que je suis allé acheter moi-même chez Gibert Joseph, quartier Saint-Michel.

Le titre des livres : *L'Œil et la Plume* et *Fleur d'encre*.

Ils les avaient sûrement trouvés dans le registre des « *titres de livres abandonnés à la dernière minute* ».

Ce registre, s'il avait existé, se serait chargé de répertorier toutes les mauvaises idées des auteurs en matière de titre. Parfois, on irait y piocher pour les

manuels scolaires et les slogans des campagnes élec-
torales.

J'ai relu avec attention, peut-être une bonne vingtaine de fois, la convocation de pré-rentrée. Assis dans
le métro, j'avais cette idée obsédante d'une violente
diarrhée me saisissant pile au moment où viendrait
mon tour de me présenter à mes futurs collègues.

J'ai ouvert le livre de Dounia pour la première
fois, tout en le planquant un peu derrière mon porte-
documents.

La dédicace commençait par une citation : « *Il faut
toujours un coup de folie pour bâtir un destin.* » *Mar-
guerite Yourcenar.*

Puis Dounia avait écrit : « *J'aurais aimé que le mien
se bâtisse dans la sérénité. Tu m'as manqué.* »

À la page suivante, le livre était dédié à un certain
Bernard T.

T comme *Très intrigant*. T comme *T'es qui toi ?*

Le premier chapitre commençait ainsi : « *Je n'ai
pas marché dans les pas de mon père, pourtant ancien
cordonnier.* »

J'ai bien regardé la couverture du bouquin,
pour m'assurer qu'il n'avait pas été coécrit avec
un clown.

Non, Dounia l'avait bien signé seule. Et elle avait
commencé par un jeu de mots ridicule. Je continuai
à lire dans le métro. Deux ou trois stations ont défilé.

J'ai lu quelques lignes, sans être fichu de me
concentrer. Alors j'ai rangé le livre.

Je craignais encore qu'une diarrhée aiguë gâche ma rentrée. J'ai d'ailleurs appris que cette phobie existait vraiment. C'était très sérieux. Ça portait même un nom : la *laxophobie*.

J'étais enfin au bon endroit. Après le métro, il y a eu un bus. Après le bus, dix minutes de marche.

Devant le bâtiment, il y avait ce gigantesque panneau avec le nom du collège, que je n'ai pas lu à cause de l'image du tableau, et juste au-dessus, le logo du conseil général de Seine-Saint-Denis. J'ai sonné à la grille, qui s'est ouverte en grinçant, comme la critique d'un mauvais film.

8 heures du matin. Personne. J'ai pensé : « Je suis le premier arrivé, on dirait. »

Le hall était désert et je fixais le lino vert, exactement le même que celui du service de réadaptation physique du centre hospitalier de Nice. J'ai pensé au padre, qui, au même moment, devait prendre son petit déjeuner de la main gauche, peut-être avait-il renversé un peu de café au passage et peut-être même avait-il renoncé à beurrer une tartine.

Je l'imaginais mal réveillé après une nuit passée à faire des cauchemars pleins de cris d'oiseaux à l'aube.

C'est peut-être le trac, mais, du coup, ça m'a beaucoup ému et ma gorge s'est serrée. Évidemment, je n'ai pas pleuré, car, comme chacun sait… Bref.

J'ai vu alors arriver au loin deux gaillards en jogging. Un Noir et un Blanc. Ils avançaient nonchalamment. Le Noir sifflait tandis que le Blanc jouait avec son trousseau de clefs. Ça résonnait dans le hall vide. Tous les deux avaient le crâne rasé. Ils étaient grands et fichus comme des tanks. Je me souviens de m'être dit : « Les profs de sport, je parie. »

Et puis le Noir a dit à mon endroit : « Haaa ! Ponctuel ? Le nouveau, je parie ! »

J'ai souri bêtement en marmonnant un petit « bonjour ».

« Ho ho ho ! On s'est parlé au téléphone ! Vous devez être monsieur Chennoun ? »

J'ai trouvé sa poignée de main franche et son sourire sincère.

« Je suis monsieur Desclains, le principal. »

J'ai dit : « Ravi », et le Blanc m'a serré la main à son tour après avoir fourré son trousseau de clefs dans la poche de son jogging.

« Bonjour ! Monsieur Diaz, principal adjoint.

— Enchanté. Monsieur Chennoun.

— Bienvenue !

— Merci ! »

Au beau milieu du hall, un buffet était dressé. Il y avait des viennoiseries, du jus d'orange et un énorme thermos de café.

Diaz m'a dit : « Allez-y ! Je vous en prie. Servez-vous ! »

J'ai dit : « Volontiers ! » en pensant que ni le café ni le jus d'orange n'arrangeraient ma laxophobie.

Le principal et son adjoint se sont mis à déconner sur une prof d'espagnol laide mais bien roulée. Comme si je n'étais pas là, Desclains a dit à Diaz : « Elle a un cul à faire fortune et une tête à faire faillite. » Ils ont éclaté de rire en chœur. Le *ho ho ho* de Desclains se mêlant au *ha ha ha* de Diaz dans une harmonie misogyne.

Mes futurs collègues de la salle des profs arrivaient, les uns après les autres. Ils partageaient les souvenirs de leur été à Noirmoutier ou se racontaient les progrès de leurs bambins. J'étais posté dans un coin, mastiquant un croissant au beurre, impressionné comme un gendre timide rencontrant sa belle-famille pour la première fois.

Trois types ont débarqué ensemble. Ils avaient l'air de trois représentants de commerce. Costumes sombres, chaussures pointues et, comme le pilote de rallye dans la publicité pour les rasoirs électriques, les joues lisses.

Le plus âgé avait serré sa ceinture et monté son pantalon bien au-dessus du nombril. Un hommage à Jacques Chirac, peut-être.

Quelqu'un a crié : « Haaa, v'là les sportifs ! »

Si j'avais bien suivi, les profs de sport étaient en costard et le principal en jogging.

Mes certitudes s'effondraient. Mais ce n'était que la pré-rentrée, et je sentais que, la prochaine fois, ce serait l'inverse et que tout rentrerait dans l'ordre.

Mes futurs collègues me dévisageaient de loin. Une petite brune mince me lançait de temps à autre un sourire plein de compassion. Elle portait un tailleur bleu marine, une paire d'escarpins, et avait ramassé ses cheveux en un chignon serré. Elle m'a rappelé cette hôtesse d'Air France qui m'avait offert un kit de coloriage à l'issue d'un vol Paris-Alger en 1994. J'avais été subjugué par sa beauté et sa gentillesse. J'avais dit au padre : « Je veux me marier avec la dame ! »

Je me souviens que la prise d'otages du vol 8969 avait eu lieu quelques semaines plus tard. Ma mère, qui n'en croyait pas ses yeux, était restée scotchée à la télévision jusqu'à l'assaut du GIGN à Marseille. Petit garçon, j'observais avec fascination ces hommes cagoulés et armés qui entraient dans l'avion.

La liste des otages abattus s'allongeait. Les journalistes comptaient les coups de feu. Je pensais à mon hôtesse, à son sourire, à sa douceur, et à ce kit de coloriage.

Au journal télévisé, on voyait ce prédicateur corse de ministre de l'Intérieur commenter l'intervention. Après ça, les vols d'Air France en direction de l'Algérie avaient été interrompus.

Le padre avait dit : « Cette fois-ci, c'est vraiment la guerre. »

La petite brune aux airs d'hôtesse d'Air France, je l'ai trouvée jolie. Elle a abandonné son groupe pour venir me rejoindre. Elle m'a tendu la main en disant : « Salut, je suis Hélène, prof d'anglais ! »

C'est drôle. Elle s'était présentée par sa discipline. Comme si elle avait dit : « Salut, je suis Hélène, championne d'Europe de natation. »

Alors j'ai dit : « Salut ! Moi, c'est Mourad, prof de français ! »

Elle a souri en disant : « Ah ! J'en étais sûre ! », puis elle s'est tournée vers son petit groupe : « Vous voyez ! J'avais raison ! J'ai gagné ! »

De nouveau, elle m'a souri. « C'est un petit jeu entre nous chaque fois qu'il y a des nouveaux. »

Le *jeu* était donc de deviner la discipline enseignée par les primo-arrivants. La gagnante m'a tapé sur l'épaule : « Allez, ne reste pas tout seul, viens avec nous ! »

Je l'ai suivie en trottinant, ce qui m'a fait penser à Mario, ce pauvre majordome dénué d'émotions.

Autour du buffet continental, d'autres groupuscules de profs s'étaient formés. Hélène prof d'anglais a tendu la main à ses collègues en chantonnant : « *Hey hey ! She gives me moneeeey, when I'm in neeeed* »… Chacun des trois collègues lui a remis la somme de cinq euros, tantôt en billet, tantôt en pièces.

Hélène, après avoir rangé le montant de ses gains dans la poche de sa veste, m'a présenté le reste de l'équipe.

« Alors ça, c'est Claude ! Prof d'histoire-géo ! À sa gauche, Caroline, prof d'arts plastiques, et notre ami Gérard, ton collègue de français ! »

Caroline, une petite blonde à peine plus vieille que moi, chargée d'une tonne de bijoux fantaisie, m'a dit : « C'est sympa ici, tu verras. Ce n'est que ma deuxième année aussi… » Je fixais les deux traits rouge vif qui soulignaient son absence de lèvres.

Gérard, la cinquantaine, portait sa sacoche comme on porte un bébé. J'essayais de ne pas focaliser sur ses cheveux poivre et sel, qui me dégoûtaient. La couleur de cheveux de mon pire cauchemar, celui de l'obèse solitaire.

Il m'a regardé dans les yeux et a ajouté sans sourire : « On verra combien de temps tu tiendras… », puis s'est éloigné pour se resservir une tasse de café.

Les trois autres ont ri. J'avais compris : c'était le rigolo de la bande. Celui qui ne loupe jamais une occasion de lancer une remarque cynique comme démonstration de son esprit brillant.

Diaz a tapé dans ses mains quatre fois pour attirer notre attention.

« Chers amis, je vais vous demander de me suivre, s'il vous plaît. On va s'installer dans le réfectoire. »

Presque naturellement, les profs se sont rangés deux par deux.

Déformation professionnelle.

Les tables étaient placées en U.

Desclains a distribué à chacun son emploi du temps. Il a dit en levant un sourcil : « Nous avons fait de notre mieux pour satisfaire tout le monde ! »

Je découvrais le mien. Chargé du mardi au vendredi. Le lundi, mon seul jour de répit, serait réservé à mes cours à l'IUFM.

Par-dessus mon épaule, la belle Hélène a sifflé.

« La vache ! Ils vous font pas de cadeau cette année… »

Ensuite, Diaz nous a donné un petit dossier contenant les trombinoscopes de nos futures classes.

Les profs étaient comme des adolescents trop agités pour cause de sécrétion hormonale impromptue. L'un deux, en découvrant ses trombis, a dit : « Hooo, putain ! C'est pas vrai ! Qu'est-ce que j'ai fait pour mériter ça ? »

Puis, en désignant un élève en photo : « Une année de plus avec Mehdi Mazouani ? Vous voulez avoir mon suicide sur la conscience ? »

Quelques-uns ont gloussé.

J'ai regardé de plus près les photos, les noms, et ce Mehdi Mazouani qui semblait être capable de pousser un homme au suicide apparaissait également sur mon trombi de la classe de quatrième 3.

En scrutant les visages de mes futurs élèves, j'ai réalisé à quel point la plupart des adolescents sont laids. Ils ont la peau désespérément grasse, des coiffures étranges, et le regard vide. J'avais exactement le même profil à 14 ans.

Je n'ai pas eu de vilaine et subite diarrhée au moment de me présenter. J'écoutais mes collègues attentivement. Il était question du temps de récréation, de mettre un surveillant à tel ou tel point stratégique du collège, de la présence de l'infirmière scolaire, de la participation de tous à l'achat de dosettes Senseo pour la machine à café de la salle des profs.

Tout cela ne me concernant pas encore, je humais le parfum vanillé de la belle Hélène, en me disant que j'adorais ce prénom. Il me rappelait la chanson de Brassens.

18

Le nouveau visage

L'appartement de Liliane était bondé comme un wagon de la ligne 6 à 18 h 40.

Maintenant que je connais Paris, j'en fais des métaphores.

Tous les amis de Miloud s'étaient déplacés. Ceux du *Saphir bleu*, et d'autres.

Mario, le majordome flottant, transpirait.

Je me suis dit : « Tiens ! Enfin une trace visible de son humanité ! »

Un grand buffet avait été dressé pour l'occasion. Miloud avait fait appel au traiteur que Liliane sollicite parfois pour ses grands dîners.

Les serveurs proposaient des amuse-bouche aux convives. Sousou, la copine de Miloud qui s'occupe du vestiaire au *Saphir bleu*, n'arrêtait pas de faire « Huummmm ! » en fermant les yeux.

Comme une fine gastronome, elle prenait un air

profond en mastiquant sa bouchée de crevette :
« C'est délicieux. Ça fond dans la bouche. C'est
tendre et salé, c'est coquin, c'est piquant, c'est *no
limit*, quoi… »

Miloud a éclaté de rire.

Il a dit : « Haaa ! *Soukti* ! Tais-toi et mange ! Tu
crois qu'on t'a embauchée pour "Topchef" ? »

Sousou a haussé les épaules, l'air de dire à mon
cousin Miloud : « Tu n'y connais rien », puis elle a
claqué des doigts en direction de l'un des serveurs :
« S'te plaît, le jeune ! Hé, toi, le jeune ! », avant de lui
demander carrément la recette des bouchées de crevette. Le serveur l'a regardée en écarquillant les yeux.

Encore quelque chose qui ne se fait pas ! Demander les recettes du traiteur !

Alors, elle lui a dit : « Quoi ? Tu n'as pas compris
la question ? J'ai parlé chinois ou quoi ? » Décon-
tenancé, le jeune serveur a répondu : « Je vais me
renseigner… »

Pendant ce temps, un gars écrasait son mégot sur
la sculpture d'un artiste danois que Liliane adore.
Frottant sa clope sur la paroi de la statuette, il devait
simplement penser : « Ce cendrier est chiant. »

Un autre regardait un tableau d'art moderne en
penchant la tête à droite, puis à gauche. Il s'est tourné
vers moi, comme cherchant du secours : « Il est à
l'envers ? » J'ai regardé le tableau, puis j'ai répondu :
« Non. »

Le mec a fait un drôle de truc avec sa lèvre inférieure et il a dit en arabe : « *Tfich* », ce qui veut dire
« n'importe quoi ».

À vrai dire, en y regardant de plus près, il n'avait pas tort. Je trouve même que *Tfich* aurait fait un titre parfait pour cette peinture.

Bien sûr, du raï se répandait partout.

Une fête organisée par Miloud sans raï, c'est un peu comme un pays d'Afrique au sous-sol riche qui serait en paix, ça n'existe pas.

Une fille avec de très grosses fesses est montée sur le sublime piano noir au centre de la pièce, le transformant ainsi en vulgaire podium de boîte de nuit. Je voyais ses talons aiguilles dessiner des rayures sur l'instrument et j'avais mal.

À un moment, Miloud s'est enfin décidé à réagir. Il a regardé la fille et lui a dit : « Hé ho ! Toi ! » Elle s'est arrêtée une seconde pour regarder Miloud du haut de son estrade. Il a ajouté : « Fais-moi un peu de place là-haut ! »

Puis il est monté à son tour et l'a prise par la taille. Il a crié en direction d'un de ses amis : « Ahmed ! Ahmed ! Tu peux remettre Cheb Houcem ! » Et alors presque tous les invités ont scandé en chœur : « Cheb Houcem ! Cheb Houcem ! »

D'après Miloud, ce chanteur avait créé une chanson devenue le deuxième hymne national algérien.

Il en rajoute toujours.

Liliane était à la clinique depuis quelques jours pour son lifting. Bientôt, elle dévoilerait son nouveau visage.

Miloud avait l'appartement pour lui tout seul...

si on ne comptait ni Mario, ni les deux femmes de ménage qui se relayaient.

En tout cas, il était aussi excité qu'un adolescent qui fait une fête secrète pendant l'absence de ses parents.

Avant que le chauffeur ne conduise sa patronne à la clinique esthétique, j'avais eu droit au numéro des adieux déchirants.

Miloud et Liliane s'étaient quittés comme pour toujours. Comme s'ils n'étaient pas certains de se revoir. Elle était serrée contre lui. Il ébouriffait ses cheveux et l'embrassait sur la tête, sur le front, dans le cou. Plusieurs fois de suite, comme un genre de rituel païen. Elle gémissait des « Oh mon Miloud ! ».

La larme à l'œil, Miloud lui avait même dit : « Je t'aime, mon amour ! Tu me rends heureux, tu es la femme de ma vie ! » Il en faisait des caisses. Si elle n'avait pas été déjà ménopausée, il aurait ajouté : « Je veux que tu sois la mère de mes enfants. »

Liliane avait la trouille de passer sur le billard.

La première fois, à 13 ans, en vacances chez un grand-oncle, propriétaire des plus beaux vignobles de la Champagne, on avait dû l'opérer d'urgence d'une péritonite aiguë. Elle avait découvert à cette occasion la peur de mourir, qui ne la quitterait plus jamais.

La deuxième fois, c'était pour la naissance d'Édouard. Une césarienne qui ne s'était pas bien déroulée.

Il arrivait encore que la cicatrice soit douloureuse, autant que peut l'être l'absence d'un fils.

Quand Liliane avait dit ça, bien entendu, j'avais pensé à ma mère. Au fond, elles sont toutes les mêmes ou presque. Elles souffrent. Elles aiment de toutes leurs tripes. « *El kebda, El kebda.* » Liliane aussi avait les organes qui dégoulinaient d'amour maternel. La différence, c'est qu'elle n'essorait pas son foie saignant devant son fils à la première occasion. En même temps, ma mère ne fréquentait aucun club louche au bras d'un blédard de presque trente ans son cadet. Elle ne se faisait pas scalper les joues non plus.

Les joues de ma mère sont douces et encore bien rebondies. Ses rides, ce sont les lignes du livre qu'elle n'a jamais pu écrire. C'est l'histoire de sa vie qui se dessine dans le coin de ses yeux. Les plis sur son front, ce sont autant d'inquiétudes, d'attentes à la tombée de la nuit et de soucis de santé.

Une mère, c'est comme un grand destin, c'est beau et c'est cruel.

Rue Michel-Ange, la fête battait son plein et tout le monde avait l'air de s'amuser. À dire vrai, ces gens se seraient amusés n'importe où.

Un jeune homme affalé sur le fauteuil de Liliane, la chicha aux lèvres, riait sans arrêt. Il recrachait la fumée en essayant de dessiner des formes dans l'air, il me faisait penser à la chenille dans *Alice au pays des merveilles*.

Le rieur m'a tendu son narguilé au ralenti.

« T'en veux ? C'est parfum olives vertes-citron confit.

— Non merci, ça va. »

Il continuait de rire. Il riait en *hé hé hé*. Le *hé hé hé* est un rire d'observateur. Les journalistes, les psys et les commentateurs sportifs rient en *hé hé hé*.

« Qu'est-ce qui te fait marrer ?

— Observe-les bien. Je remarque que moins ils sont en règle, plus ils s'agitent. Les sans-papiers sont déchaînés, ils picolent beaucoup, dansent et se marrent la bouche grande ouverte. Les visas étudiants et les courts-séjours, eux, décompressent, ils rigolent doucement. Mais les plus détendus, ce sont les cartes de résidence de dix ans. Regarde-les ! Dix ans ! Relax ! Ils fument, ils sont assis, ils refont le monde parce qu'ils ont l'impression d'y appartenir.

— Et moi ? »

Il a ri de nouveau.

« Hé hé hé ! Toi, tu tournes en rond. Tu changes de pièce. Tu pars, tu reviens. Tu cherches ta place et tu ne t'amuses pas. Je pense que tu es né ici. »

Le Freud de la soirée.

Pour le contredire, j'ai décidé de danser. De lâcher prise. De me laisser aller comme un sans-papiers.

J'avais à peine commencé à me secouer qu'une fille m'a regardé en gloussant. Une petite blonde avec plusieurs centimètres de racine noire.

Elle m'a dit : « Oh là là ! On dirait une chèvre malade ! »

Heureusement, je ne suis pas susceptible.

J'ai continué à danser en riant, comme si je n'avais rien entendu. Elle s'est approchée de moi et a posé ses mains sur ma taille pour me montrer ce que je devais faire. J'ai rougi à cause du contact de ses mains chaudes. Je crois que ma timidité l'a amusée.

« Qu'est-ce qu'elles ont, tes hanches ? Elles sont en arrêt maladie ou quoi ? Allez, bouge ! Écoute la musique ! »

J'ai bien essayé d'écouter, mais je n'étais pas en rythme.

La fille a fini par s'agacer.

« Mais c'est incroyable, tu arrives à passer à côté ! C'est pourtant simple. Sous la pluie, tu serais le seul à rester sec ! Tu passes entre les gouttes ! J'ai jamais vu ça ! »

Alors, elle s'est détournée de moi en haussant les épaules avec mépris.

J'abandonne la danse. Définitivement.

La fille aux grosses fesses était toujours perchée là-haut, sur le piano-podium. Elle tenait sa pochette de soirée argentée contre sa poitrine et levait l'autre bras au plafond, le verre à la main. On aurait dit la statue de la Liberté ayant abusé des hot-dogs.

J'ai rejoint Miloud, en pleine discussion animée avec ses amis. L'un d'eux l'inondait de reproches. Mon cousin regardait ses pieds sans rien dire, mal à l'aise. De temps à autre, il hochait la tête.

« Tu crois qu'elle va accepter de t'épouser, ta vieille Française ? Qu'elle te fera tes papiers ? Tu rêves, Miloud ! Pour elle, tu es une chose, un objet. Exactement comme ses vases ou son fauteuil, ou le tableau moche qui est accroché au mur. Quand elle en aura marre de toi, elle te jettera à coups de pied et elle trouvera un nouveau jouet. Qu'est-ce que tu vas faire s'il arrive quelque chose à tes parents, hein ? Ils sont vieux ! Ta mère est diabétique ! Tu es au courant qu'on lui fait des piqûres d'insuline chaque jour ! Tu lui as déjà envoyé un peu d'argent au lieu de claquer tout ce que la vieille te donne en vêtements et en voiture ? Ta famille compte sur toi ! Tu en as conscience ? »

Miloud a baissé la tête davantage. Un peu plus et il se brisait la nuque.

« Tu te rends compte ? C'est honteux ! Ici, tout le monde pense la même chose ! Mais personne n'ose te le dire ! »

Miloud en a eu assez que le père la morale de la soirée le culpabilise. Il lui a dit : « À ma place, tu aurais fait comme moi ! »

Le père la morale a dit : « Jamais ! Sur tout ce que j'ai de plus cher ! Jamais ! Dieu m'en est témoin ! Je tiens trop à mes valeurs et à mon éducation pour ça ! Où est ton *Nif* ? Hein ? Tu te prétends algérien, toi ? Un vrai Algérien, sa fierté n'a pas de prix ! La tienne, tu l'as troquée contre de nouvelles dents et une Mercedes ! Hchouma sur toi, Miloud ! »

Miloud l'a sacrément mal pris.

Les autres gars autour disaient : « Arrêtez ! Calmez-vous ! »

Le père la morale a enfilé son manteau en marmonnant des choses qu'on n'entendait pas à cause de la musique. J'ai compris que c'était le petit copain de Sousou grâce à ce geste de la tête qu'il lui a fait et qui voulait dire : « *Yallah*, on y va ! » Elle a tout de même demandé au jeune serveur de lui emballer quelques bouchées à la crevette dans du papier aluminium pour les emporter.

Le lendemain, le pauvre Mario, qui se lève toujours avant l'aube, avait nettoyé l'appartement de fond en comble et préparé un copieux petit déjeuner.

Aucune trace de fatigue sur son visage impassible.

Même les traces de talons laissées par la fille aux grosses fesses sur le dessus du piano avaient disparu. Cet Italien maigre est un magicien.

Miloud, quant à lui, était incapable de sortir du lit, terrassé par une violente migraine. Il s'était couché en jean, avec sa chemise à moitié déboutonnée.

Quand je suis allé aux nouvelles, les yeux mi-clos, il m'a demandé : « Une aspirine, mon frère, je t'en supplie ! » Il avait la bouche pâteuse et la langue blanche.

Je lui ai donné un comprimé effervescent, qu'il a eu peine à finir.

En posant le verre sur la table de chevet, il a désigné le haut de son crâne : « Il y a trop de soucis là-dedans. » J'ai acquiescé, en essayant de prendre un air compréhensif. Alors, dans un ultime effort, Miloud a ajouté : « Je vais appeler ma mère aujourd'hui. »

À table, Mario m'a apporté la presse du jour. En quatrième de couv' d'un grand quotidien, les yeux charbon de Dounia, le menton posé dans la paume de sa main gauche, et ce regard qui voulait dire : « Vous n'imaginez pas à quel point je suis intelligente. »

L'interview était titrée : *Le nouveau visage du féminisme.* La journaliste, une certaine Anne-Marie Sistite, la questionnait sur ce père « autoritaire, réfractaire au changement, analphabète » et sur cette mère « reproduisant malgré elle une éducation visant à détruire toute forme d'épanouissement personnel, enfermant tous ses sentiments dans les gâteaux et les plats en sauce qu'elle l'avait forcée à engloutir à longueur de repas ».

J'apprenais ainsi que ma mère aurait poussé Dounia à grossir dans l'unique but de détruire l'image de son corps et de l'éloigner à jamais de son désir de femme. Un plan diabolique finement élaboré.

Je me suis demandé ce qu'on disait dans le Code pénal au sujet du « gavage avec préméditation ».

Peut-être qu'un jour on verrait cette journaliste avec son nom d'infection urinaire interviewer ma mère qui aurait écrit à son tour un bouquin, un essai intitulé : *Réduite à l'état d'objet sexuel ? L'obésité morbide comme remède.*

Et au vu du succès planétaire qu'il rencontrerait, du jamais vu depuis *Les hommes viennent de Mars, les femmes viennent de Vénus,* on lui proposerait d'écrire le tome 2 : *On te prend pour un bout de viande ? Mange plus de bœuf !*

J'étais triste de lire toutes ces choses humiliantes sur ma famille. Je me suis dit que Dounia ne valait pas mieux que la femme dans le tableau de Courbet, celle qui n'a pas de visage. Elle au moins, même après des siècles, aura tout de même fini par retrouver la face.

Dans cette interview *vérité*, Dounia expliquait qu'elle avait décidé de s'engager en politique pour changer les choses, et qu'il était nécessaire d'être au cœur du système pour y parvenir.

J'ai pensé au padre qui disait souvent : « C'est pas la peine de goûter au piment pour savoir qu'il pique. Contente-toi de le renifler et tu as déjà les yeux qui pleurent. »

Tout ça m'a décidé à me replonger dans le livre de ma sœur, *Le Prix de la liberté*.

Je trouvais que c'était sacrément cher payé quand même.

Dounia n'avait pas précisé que ce serait un tarif de groupe, parce qu'on la payait tous, sa liberté de merde, et ce depuis des années.

Un papier comme ça dans un grand quotidien national allait être difficile à ignorer. J'avais le sentiment que la tectonique des plaques allait agir jusqu'à Nice et même au-delà.

C'était dimanche matin et je mordais avec férocité dans une de ces succulentes brioches à la rhubarbe qui deviendraient probablement un jour ma madeleine de Proust.

19

Le char d'assaut

Premier étage. Salle 107. Une file d'adolescents désordonnés.

Petite armée du sébum prête à en découdre avec moi.

Ma classe de sixième 1, les épaules voûtées sous le poids des cartables.

Un groupe de futurs adultes que j'ai immédiatement imaginé, dans dix ou quinze ans, les épaules davantage voûtées sous le poids des soucis.

J'en avais déjà repéré deux ou trois sous le préau, qui m'avaient regardé garer la voiture. Quand je les avais vus chuchoter au loin, j'avais compris que c'était une mauvaise idée de venir en Mercedes.

Miloud avait insisté pour me la prêter.

Je me suis dit : « Mourad, prends un air détaché, sois zen. »

Mais, alors que j'essayais de les tenir fermement,

les clefs se sont mises à danser dans ma main moite, menaçant de m'échapper à chaque seconde.

En ouvrant la porte et sans les regarder, j'ai dit : « Bonjour ! »

Quelques-uns ont répondu : « Bonjour, monsieur ! »

Immodium. Immodium. Immodium. Immodium.

Tout en essayant de mettre ma laxophobie de côté, j'ai poussé la porte, j'ai regardé froidement mes élèves et j'ai dit : « Entrez ! »

Ils sont entrés dans la salle, calmement. Les uns derrière les autres, dans l'ordre. De vrais numéros gagnants, tiercé, quinté, quinté +.

Ensuite, j'ai tenté : « Asseyez-vous ! »

Ils se sont exécutés immédiatement. Je me souviens de m'être dit : « Bordel, ils m'obéissent ! »

Ce qui m'a procuré un sentiment de satisfaction intense.

J'étais comme spectateur de moi-même. J'incarnais déjà l'autorité sans même me sentir légitime dans mon rôle.

J'ai écrit mon nom au tableau, en m'appliquant à faire une belle boucle au C de Chennoun. J'ai commencé par écrire mon nom parce que, dans tous mes souvenirs d'élève, les profs commençaient toujours par écrire leur nom en énorme sur le tableau noir. Ils nous marquaient à vie, comme du bétail. « Souvenez-vous bien de ce nom », ça voulait dire.

J'ai demandé à mes élèves de faire la même chose sur des demi-feuilles.

Quelques filles ont écrit en rose, dessiné des cœurs

à la place des points sur les i ou ajouté des petites fleurs autour de leur prénom.

D'autres, dans le fond, ont écrit en minuscules, à échelle d'insecte, et je n'y voyais rien.

Une élève du premier rang était avachie sur la table et jouait avec ses tresses. Déchiffrant sa demi-feuille, j'ai dit de ma voix de chef tout juste nommé : « Cassandra ! Redresse-toi, s'il te plaît ! »

Ça fonctionnait à merveille, elle s'est tenue droite jusqu'à la fin du cours. Elle se tiendrait droite sans doute jusqu'à la fin de sa vie, après ça.

À 30 ans, elle dirait à son ostéo : « Vous avez vu ? Ma colonne vertébrale est impeccable. C'est grâce à mon prof de français, qui m'a dit un jour… »

À cet instant, j'ai eu le sentiment que je pouvais tout exiger d'eux. La rigueur, l'excellence, la lune.

Comme je n'en avais aucune espèce d'idée, je leur ai demandé : « À votre avis, qu'est-ce qu'on va faire cette année ? »

Quelques réponses fusaient de part et d'autre de la salle de classe : « Conjugaison ! », « Orthographe ! », « Grammaire ! ».

Je répondais, enthousiaste, en notant au tableau, pour le plaisir de la craie qui glisse : « Conjugaison ! Oui ! », « Orthographe ! Très bien ! », et « Grammaire ! Oui ! ».

Je tournais le dos à la classe lorsque le premier parasitage a eu lieu. Je ne me suis pas méfié.

J'ai entendu la voix de l'une des élèves troubler mon cours, ou de l'*un* des élèves, parce qu'à cet âge-là leurs voix se ressemblent. Après la mue, on arrive à les distinguer plus facilement.

Cette voix m'a percuté tout droit dans le dos, aiguë, pointue comme une fléchette, elle chantait : « *Shine bright liiiike a diamond !* »

Un éclat de rire général devait sous-entendre que c'était la vanne du siècle. En plus d'être laids, les adolescents ont vraiment un humour à chier.

Il y a eu cette petite seconde où je me suis demandé quoi faire. C'était leur test. Le fameux test. Comment avais-je pu croire que j'y échapperais ?

Je suis resté fixé sur mon tableau, jouant le type que même un séisme de magnitude 8 ne déstabiliserait pas. Et j'ai dit : « La grammaire, c'est valable aussi pour toi, Rihanna ! »

C'est reparti de plus belle, les rires s'éparpillaient dans la pièce, se collant partout ; aux murs, au plafond, au tableau. Des rires gras, pleins d'acné.

J'ai dit : « Bon, allez, ça suffit ! » Je me suis raclé la gorge et j'ai dit plus fort : « Ça suffit ! »

Mais ça n'arrêtait pas.

À ce moment précis, j'ai compris que la carotte ne marcherait pas. L'humour non plus. La guerre était déclarée, j'allais me mettre sur pilote automatique, en mode char d'assaut. J'ai compris qu'il le fallait, que c'était indispensable.

Si les chars d'assaut sont les seuls à survivre, c'est parce qu'ils sont robustes et blindés.

Après un bref moment d'accalmie, je leur ai demandé de remplir la fameuse fiche de renseignements qui m'en dirait un peu plus sur eux : métier des parents, frères et sœurs, passions.

J'ai repensé avec émotion à madame Mocca, ma prof d'histoire-géo qui approchait la retraite, quand j'étais en sixième. C'était la taulière de l'établissement. On le voyait à la façon dont elle s'était approprié sa salle de classe. Il y avait des plantes vertes, et, en plus des traditionnelles cartes de France en relief, elle avait accroché au mur des photos de ses petits-enfants.

C'était chez elle, et chez elle, c'est elle qui faisait la loi. Elle était vieille et si mince qu'on redoutait qu'elle se casse les os à chaque pas. Une fausse impression de fragilité. Dans son cours, on n'entendait pas une mouche voler. Tout marchait à merveille. L'autorité naturelle dans toute sa splendeur. Madame Mocca était une espèce rare de char d'assaut.

À la réunion parents-profs, elle avait dit au padre, qui portait son traditionnel costume avec ses stylos Bic accrochés par le capuchon : « Si je n'avais que des Mourad dans ma classe, ce serait la perfection. »

Le padre avait souri de toutes ses dents. On voyait son plombage, et c'était signe de fierté.

Une élève du fond, qui n'avait pas pris la peine d'enlever son manteau, a levé la main.

« Monsieur ? Si nos parents, y z'ont pas de travail, on met *chômage* ? »

J'ai ramassé les fiches de renseignements lentement. J'essayais de gagner du temps comme une équipe italienne qui mène au temps additionnel.

Un autre élève a demandé la parole, celui-là était accoudé au radiateur.

« Monsieur ? C'est vrai que vous vendez du shit ?

— Pardon ?!

— À ce qu'il paraît, vous vendez, c'est les quatrièmes qui nous l'ont dit ce matin. »

Des dizaines de paires d'yeux me scrutaient, attendant ma réponse comme on attend une prophétie.

« Qu'est-ce que c'est que cette rumeur ?

— Parce qu'il y a un grand de quatrième, il a dit : "C'est un prof, les profs, ils ont pas d'oseille, et lui, il roule en Merco classe C."

— D'après vous, tous les profs qui roulent dans de belles voitures vendent de la drogue ?

— Non, mais vous, vous êtes un Rebeu. »

Mauvaise idée d'emprunter la voiture de Miloud. Très mauvaise idée.

Alors je leur ai demandé : « Vous savez ce que c'est qu'un cliché ? »

Du tac au tac, ils ont répondu : « Un cliché ? C'est une photo ? », « Cliché-sous-Bois ? Ma tante, elle habite là-bas ! »

Et pour mon tout premier cours, je me suis retrouvé à expliquer ce qu'était un préjugé. Sylvestre, un petit rouquin du premier rang, a dit : « C'est comme ceux-là qui disent que les roux, ils puent ? », alors j'ai répondu : « Absolument, Sylvestre ! », avant qu'une voix non identifiée jaillisse de la frontière sud de la classe pour dire : « Mais ça, c'est pas un cliché, m'sieur, c'est vrai, les roux, ils puent le pipi ! »

De nouveau, éclat de rire général.

J'ai fait : « Chuuuuut ! » en pensant à mon collègue Gérard, dont la salle de classe était mitoyenne.

La sonnerie a retenti. Tous se sont levés d'un coup. De vrais petits soldats. Ils sont sortis, en rangée compacte. Un, deux, un, deux, marche.

Quelques-uns ont dégainé leur portable. Je dois admettre que j'étais un peu dépassé. Un smartphone en sixième ? Je ne m'étais jamais senti aussi vieux. Est-ce que c'est réac', de trouver que 11 ans, c'est trop jeune pour avoir un portable ?

J'avais ce qu'on appelle un « trou ». Une heure de battement entre deux cours. Le temps de reprendre mes esprits.

Une élève est revenue timidement dans ma classe.

« Excusez-moi, monsieur. J'ai oublié ma ventoline sur ma table et, si je fais une crise d'asthme, je peux mourir, ma mère elle a dit.

— Oui, vas-y, entre. »

Elle s'est faufilée entre les tables et a récupéré sa ventoline, qu'elle a fourrée dans sa poche.

« Monsieur, c'est la première fois que vous êtes prof ?

— Comment tu t'appelles, déjà ?

— Asma Zerdad. Mais tout le monde se moque de moi.

— Pourquoi ? C'est joli comme prénom, Asma.

— Si, ils se moquent. À cause de "asthmatique".

— Ah oui ?

— Mais je m'en fous. Ils sont bêtes. Je vous demande si c'est votre première fois de prof, parce que tous les nouveaux, ils restent pas. Ils partent toujours à la fin de l'année, à ce qu'il paraît. C'est ma grande sœur qui m'a dit.

— Elle est élève au collège, ta sœur ?

— Ouais, elle est en quatrième 3. Elle s'appelle Sarah.

— Eh bien, écoute, j'espère que tout ira bien et que je pourrai rester.

— Inch Allah, monsieur. Bonne chance. J'y vais, je vais être en retard. »

Puis, passant à peine la porte à cause de la largeur de son cartable, Asma est partie. Une petite fille que sa mère coiffait encore, sûrement. Je dis ça à cause des chouchous aux couleurs vives qui ornaient la longue tresse qu'elle portait sur le côté. Elle m'a fait penser à ma sœur Mina plus jeune.

Je m'étais inquiété du verdict de l'inspecteur qui, à l'issue de mon année de professeur stagiaire, déciderait, plus ou moins arbitrairement, si je méritais d'être titularisé…

À présent, je me demandais seulement si je tiendrais le coup jusqu'à la fin de l'année scolaire.

La matinée avait fini par passer. Les classes de sixième se sont succédé. Des élèves plus ou moins agités, plus ou moins enthousiastes.

Je commençais à me fabriquer un personnage, celui de Vladimir, homme sans pitié ni remords, élevé dans la toundra par une meute de loups.

Au self du collège, les profs avaient leur coin. Une sorte de bunker que j'ai rejoint après avoir bravé des hordes d'adolescents affamés et traversé une fanfare de fourchettes et de couteaux s'entrechoquant.

Toutes ces émotions m'avaient donné faim à moi aussi et je me suis fait un plateau-repas de neuvième mois de grossesse. De la patate, j'ai demandé de la patate, j'en voulais des tonnes. J'avais une assiette pleine de féculents qui seraient mes alliés jusqu'à la fin de la guerre.

J'ai cherché Hélène, mon remède, son odeur vanillée et son sourire compatissant. À côté d'elle, la place était prise. Gérard, les coudes vissés dans la table, mastiquait ses spaghettis à la bolognaise en s'en mettant plein la moustache.

Il m'a lancé un de ses regards ironiques.

« Toujours vivant ?

— Oui, comme tu vois.

— Tu t'es fait chahuter, hein ? Je suis dans la salle d'à côté, j'entends tout, tu sais ? »

Bien sûr, j'avais envie de lui répondre : « Oui, je sais, connard, avec tes cheveux poivre et sel répugnants ! »

« Les élèves sont joyeux. C'est bien, c'est vivant !

— Vivant ? Haaaa. »

Il a continué à engloutir ses spaghettis.

Gérard faisait l'ancien, il jouait le malin avec moi. Il se payait ma tête, mais il ne connaissait pas encore Vladimir, mon double en acier, qui lui, au self, aurait choisi de manger de l'ours cru.

Hélène m'a souri avant de porter une tomate cerise à sa bouche. Elle a désigné la chaise vide en face de Gérard.

« Assieds-toi, Mourad ! »

J'ai posé mon plateau en me disant : « Les cheveux lâchés lui vont bien. »

Il y avait aussi une nouvelle tête, un jeune homme, la trentaine et une mèche rebelle, sur laquelle il a soufflé pour la remettre en ordre.

Une chose que j'aurais rêvé de faire avec mes cheveux, mais, leur nature étant ce qu'elle est, ce rêve, je l'ai balayé d'un coup de tondeuse.

Il a dit en me tendant la main :

« Salut, moi, c'est Wilfried. Je suis TZR ici.

— Enchanté, Wilfried.

— Alors, pas trop pénible, ce premier jour ?

— Ça pourrait être pire. »

J'ai pensé à l'expression « le verre d'eau à moitié plein ».

« Qu'est-ce que c'est, TZR, au juste ? »

Je lui ai demandé parce que j'aime pas tellement me sentir con.

Wilfried a souri en refaisant ce truc avec sa mèche lisse et souple.

« Si tu veux, je suis un peu un SDF de l'Éducation nationale. Ça veut dire *titulaire en zone de remplacement.* Je suis là depuis un an et demi maintenant. J'ai pris la place de la documentaliste. C'est la première fois que je reste aussi longtemps au même endroit.

— Et qu'est-ce qui lui est arrivé, à cette documentaliste ? »

J'ai demandé ça en engloutissant de la patate. Hélène et Gérard ont échangé un regard complice. Wilfried a ri en découpant minutieusement son steak.

« Tu es sûr que tu veux le savoir ?

— Pourquoi ? Je devrais pas ?

— Elle s'est pris un coup d'extincteur. L'arcade sourcilière complètement éclatée. D'ailleurs, y a encore une tache de sang sur la moquette du CDI. Rien de grave, mais elle est sacrément traumatisée.

— Ah oui… ?!

— Arrêt maladie prolongé… Tu vois ce que je veux dire… »

Hélène a rouspété.

En passant, j'adore employer ce verbe, « rouspéter ». Je trouve que les occasions sont rares.

« Arrêtez ! Vous allez lui faire peur !

— Non, non, ça va.

— Et puis, tu sais, elle était pas commode non plus, cette conne ! »

Gérard a ajouté dans un éclat de sauce tomate :

« Personne ne mérite un coup d'extincteur. Personne.

— Si ! Elle l'a mérité ! Wilfried, lui, il s'en fout, toutes les élèves sont amoureuses de lui. Il est super-populaire !

— T'exagères, Hélène !

— Mais non, j'exagère pas ! Elles sont toutes folles de toi !

— N'importe quoi ! Hi hi hi. Arrête, je vais rougir ! Bon, je vais chercher mon dessert, moi ! »

Un peu mal à l'aise, Wilfried s'est levé et, d'une démarche gracieuse, a rejoint le coin sucré.

Gérard, qui semblait ne pas pouvoir s'en empêcher, a ajouté en essuyant son assiette d'un revers de mie de pain :

« Ce qu'elles ne savent pas, les élèves, c'est que même folles de lui, ce sera toujours lui la plus folle ! »

Là-dessus, il a éclaté de rire. Sa moustache a frétillé comme un rang de sardines.

Hélène a pris cette mine agacée qui la rendait mignonne.

« Oh, arrête, Gérard ! T'es con ! »

Je pense que je m'en serais rendu compte un jour où l'autre que le T-Z-R était un peu G-A-Y.

Gérard en se levant m'a demandé :

« Dis-moi, le nouveau ? T'es syndiqué ? »

Hélène m'a dit en haussant un sourcil : « Oui, parce que Gérard, c'est LE syndicaliste du collège, faut le savoir… »

Lever le sourcil comme ça, ça lui donnait un charme fou.

« Bon, le nouveau, si tu veux te syndiquer, viens me voir. On est CGT ici. »

CGT, comme « *Cheveux Gris Tête de con* » ?

Gérard le syndicaliste poivre et sel, la moustache pleine de sauce tomate, s'est adressé à Hélène, avec une voix beaucoup plus douce d'un coup.

« Au fait, tu m'as pas répondu pour jeudi soir, Hélène…

— Jeudi soir ? Y a quoi jeudi soir ?

— Bah, si, tu sais, le vernissage de l'expo de mon copain photographe, tu sais, à la mairie de Montreuil…

— Ah oui, c'est vrai… Écoute, je sais pas encore, Gérard, je te dirai. Je sais pas ce que je fais jeudi soir, c'est loin…

— Loin ? C'est dans trois jours…

— Je te dirai, d'accord ? »

Un peu vexé de cette esquive, le syndicaliste s'est éloigné en s'essuyant la moustache d'un revers de manche. Vraiment dégueulasse.

« Ça reste entre nous, Mourad, mais il est un peu lourd, Gérard. Pas méchant, mais un peu lourd. »

Sans blague, j'avais pas remarqué.

Gérard avait perdu son premier match. J'ai ressenti une petite jouissance, accentuée par les patates chaudes que je m'enfilais, l'une après l'autre.

Wilfried le TZR est revenu parmi nous, croisant au passage notre syndicaliste poivre et sel qui traversait la cantine en boudant.

« Bah, qu'est-ce qu'il a, Gérard ? Il fait la gueule ? »

Au moins, Wilfried faisait une différence entre Gérard « normal » et Gérard « qui fait la gueule ».

Parce que moi, je ne faisais aucune différence.

20

Tsunami

Mon pire cauchemar, après celui du vieil obèse poivre et sel, c'est celui d'un tsunami de fin des temps.

Je suis sur une plage, scandaleusement belle et déserte. La mer a l'air calme. Je marche en pensant que je risque de salir le couloir de l'entrée à cause du sable mouillé entre mes orteils.

Ma mère en ferait un fromage, agitant son bidon d'eau de Javel et se lamentant : « Je suis quoi ici, moi ? Une boniche ? Une esclave ? Vous voulez me voir mourir avec une serpillière dans les mains, c'est ça ?! »

J'essaie de ne plus y penser et j'avance. Je vois alors quelqu'un au loin : c'est le padre qui me fait un signe de la main.

Lorsque je m'approche, je m'aperçois qu'il est assis dans son fauteuil roulant, enfoncé dans le sable. Le padre me regarde et me dit : « Mourad, aide-moi ! Pitié ! Je suis coincé ! »

Je pousse de toutes mes forces, mais je ne parviens pas à faire bouger le fauteuil. Je m'agenouille, je creuse frénétiquement autour des roues. Je sens le sable qui se fourre jusque sous mes ongles. Rien n'y fait. L'engin est comme vissé au sol. Le padre me supplie de le sortir de là. Malgré mes efforts, je n'arrive pas à déplacer le fauteuil d'un millimètre. L'angoisse me presse la poitrine et les sanglots montent. J'ai envie de pleurer.

Inévitablement, je pleure, je pleure un flot de larmes salées comme de l'eau de mer. Le padre se met à hurler : « Non !!! Non !!! Ne pleure pas ! Ne fais pas ça ! Un homme, ça ne pleure pas ! »

Et puis, j'entends une rumeur sourde, un bruit horrible, celui de la terre affamée qui ouvre son ventre, prête à tout engloutir. Je me tourne et je vois la vague haute, tellement haute et rapide.

Mon père hurle.

Il hurle et je pleure, les roues du fauteuil sont enfoncées dans le sable, la vague arrive droit sur nous.

21

La vérité grande et nue

J'ai suggéré à Miloud d'apporter des fleurs. J'ai pensé que ça ferait plaisir à Liliane. Il m'a dit : « J'y connais rien aux fleurs, moi ! »

On a finalement opté pour une composition à 39,90 euros. Quelque chose d'un peu classe.

Miloud a dit : « Quarante balles qui vont faner demain ! C'est n'importe quoi ! »

Genre, il a joué l'économe.

Liliane avait encore la figure bandée.

En nous voyant entrer dans sa chambre, elle a dit : « Ohonmiiiiihouuuuuuuheeepepeeeupaaaaahuuum-mmmwaaaaaahoooommmhaaaaaa ! »

Elle a agité les bras au ralenti, comme une tortue qu'on retourne sur le dos, et s'est caché le visage.

En écoutant attentivement, j'ai cru comprendre : « Oh non ! Mon Miloud ! Je ne veux pas que tu me voies dans cet état ! »

Miloud a éclaté de rire, il a répondu : « Tu ressembles à une momie égyptienne, comme ça ! »

Quelqu'un a frappé à la porte de la chambre.

Liliane a dit : « Heeeen-héééé. »

Quand le type est entré, j'ai immédiatement pensé : « Bordel ! Quelle tête énorme ! »

Il avait le front large, et l'arrière de son crâne était bombé. Genre cervelle fraîche, en ébullition, prête à déborder.

Quand j'étais enfant, je croyais que la taille du crâne était proportionnelle à l'intelligence. J'entendais souvent dire de moi : « C'est une tête ! », alors j'imaginais que, avec le temps les livres et les années d'études, ma boîte crânienne finirait par être aussi grosse qu'un ballon de baudruche au bord de l'explosion.

Le type s'est présenté : « Bonjour ! Je suis le docteur El Koubi ! »

Il nous a serré la main et a fait quelques blagues pas drôles. Humour de chirurgien. Son sourire géométrique, quasi triangulaire, aurait permis d'expliquer le théorème de Pythagore. Ça lui donnait un drôle d'air. Un air de menteur.

Il a raconté comment s'était déroulée l'intervention de Liliane en jetant quelques mots en l'air – *élasticité, épiderme, tonus* –, puis a jonglé avec, mais il avait bien compris qu'on s'en foutait. Bien sûr, je repensais à cette vidéo que j'avais vue sur Internet, avec ce chirurgien espagnol découpeur fou sur fond de Stevie Wonder.

« Bon, eh bien, je crois que c'est le moment d'enlever vos bandages, hein, bon, hein… »

Il ponctuait tout avec des *bon, hein, bon, hein…* et son sourire de triangle isocèle. Liliane agitait les mains et continuait de marmonner dans ses pansements, en penchant la tête sur le côté : « Haaahéééheeennnnnndeeehhhaaaaahheeemeeeennnn ! »

Là, en revanche, je n'ai pas réussi à traduire.

Le docteur El Koubi s'est montré prudent.

Découpant délicatement les bandages, il a dit à Liliane : « Ça risque d'être assez impressionnant, vous vous souvenez, on en a déjà discuté… Ça va changer, mais, évidemment, c'est toujours un peu gonflé au début, il y aura sans doute quelques hématomes… »

Avec toutes ces précautions, on s'attendait à voir Elephant Man.

C'était la figure de Liliane, pareille, mais tirée et pleine d'ecchymoses.

J'ai demandé au docteur El Koubi Méga-Tête s'il arrivait que des gens demandent à récupérer les morceaux de peau qu'on leur enlevait. Après tout, ça leur appartenait. La peau du visage, du ventre ou du cul, c'est personnel. J'aurais trouvé ça parfaitement légitime, si j'avais été chirurgien, qu'il y ait des requêtes dans ce genre-là.

Et peu importait ce que les gens en faisaient ensuite. Même si c'était pour en mettre des bouts dans leur chorba, ça les regardait.

El Koubi a eu un drôle d'air et a fait simplement non de la tête.

Comme si ma question était bizarre…

Comme si c'était moins bizarre de passer sa journée à casser des nez, aspirer de la graisse dans des hanches et fourrer des poches de caoutchouc dans des poitrines.

Si je lui avais demandé ça, c'est parce que ma mère avait voulu récupérer mon prépuce.

J'avais 4 ou 5 ans. D'ailleurs, c'est trop tard pour être circoncis. Je crois qu'on ne devrait pas pouvoir se souvenir d'un moment pareil.

Début des années 90. C'était le mois d'août dans la moiteur algéroise.

Tout un petit monde s'agitait autour de moi. Je portais une tenue inhabituelle et ma mère fondait en larmes chaque fois que mon regard croisait le sien.

Notre voisine Hadhoum, celle qui chiquait du tabac, m'avait embrassé les joues et avait glissé dans la poche de ma tunique un billet bleu, que le padre s'est empressé de récupérer juste après. Il avait chuchoté : « Donne-moi ça, mon fils, je vais aller t'acheter de la glace... »

Les femmes préparaient le repas, la cocotte sifflait dans la cuisine.

Ma grand-mère a demandé : « Qu'est-ce qu'ils font ? Ils sont en retard ! C'est bientôt l'heure de la prière de Dohr ! »

Comme chaque fois qu'elle était contrariée, elle plissait le front, ce qui déformait son tatouage tribal tout vert.

Hind, l'une de mes tantes, dont les joues ruisselaient de larmes à cause des oignons qu'elle coupait, avait dit : « Vous savez, le cheikh vient pour plusieurs garçons du quartier, il fait tout le même jour, ça prend du temps... »

Ce jour-là, à Alger, il y a eu une hécatombe de prépuces.

Le vieux cheikh, tout de blanc vêtu, se baladait à Bab el Oued avec sa paire de ciseaux pour régler leur compte à toutes les quéquettes de la capitale algérienne.

Dounia était venue à ma rencontre sur le balconnet. Elle riait aux éclats.

« Ils vont te la couper ! Ils vont te la couper ! »

Je ne savais pas de quoi elle parlait, mais ça avait l'air de la réjouir.

Mina, plus inquiète, a demandé : « Il va avoir mal ? Il va saigner beaucoup ? »

Me la couper ? Saigner beaucoup ?

Voilà que je me mettais à avoir des réminiscences d'Aïd al-Kébir. Je me suis dit : « J'ai compris, ils vont m'égorger ! »

D'ailleurs, avec toutes les histoires de ma grand-mère sur des hommes de l'Est du pays qui égorgeaient des bébés dans les villages, j'avais des terreurs nocturnes que ma mère avait un mal fou à calmer...

J'ai pensé : « C'est mon tour. Peut-être qu'il y a une pénurie de moutons dans la région, alors ils m'ont sûrement habillé en blanc pour que je ressemble à un petit agneau, et l'un de mes oncles, celui qui ne sourit jamais, va affûter son grand couteau en le frottant contre l'escalier, et ensuite, *couic !,* il va trancher d'un coup sec ! »

Peu après, on a entendu les youyous.

Puis des hommes m'ont tenu les bras et les jambes. Je me suis débattu un peu. Pas tant que ça quand j'y repense.

Le cheikh, avec sa petite paire de lunettes rondes, m'avait caressé la tête en souriant, ce qui m'avait rassuré temporairement. Puis, il a sorti sa paire de ciseaux brillante, et il l'a nettoyée. Je me suis dit : « Mais pourquoi ils me font ça ? Je n'ai même pas fait de bêtises ! Je n'ai pas fait pipi au lit non plus ! C'est injuste ! »

Lorsque j'ai senti les mains sèches du cheikh, j'ai tout compris. Je me suis mis à pleurer et à chercher du secours dans le regard du padre qui ne faisait rien pour m'aider. Il disait seulement : « Ne pleure pas, ne pleure pas… » Comme toujours.

Je crois qu'à ce moment, si on m'avait laissé choisir, j'aurais préféré qu'on me tranche la gorge. Maintenant, je suis adulte, et avec le recul, ça m'arrange bien de m'être débarrassé de ce truc.

Ma mère faisait les gros yeux à mon père, de loin, en mimant.

« Ramasse le bout ! Ramasse-le, Abdelkader ! »

Mon père trouvait ça idiot, mais, en soupirant, il a tout de même ramassé mon prépuce, qui traînait sur le tapis, et l'a apporté à ma mère.

« N'importe quoi ! Il faut te faire soigner ! »

Elle a mis ce drôle de trophée dans un mouchoir en tissu.

Ensuite, j'ai été chouchouté pendant plusieurs jours. J'avais été brave et c'était comme si on me respectait enfin.

Je racontai mon épopée à mon cousin Ismaël, plus petit que moi. Je lisais la peur dans ses yeux, et je me sentais fort et important.

Une belle lumière d'hiver pénétrait dans la chambre de la clinique. On pouvait désormais voir toute la vérité du visage de Liliane.

Miloud contenait un fou rire.

Il m'a dit à l'oreille : « On dirait Mike Tyson en Blanche ! »

Liliane avait l'air contrariée, et les sourires triangulaires du docteur El Koubi, qui planait derrière elle dans le miroir comme un petit démon, ne suffisaient pas à la convaincre de la réussite de l'opération.

J'avais oublié mon portable à l'appartement. Il ne sonnait pas beaucoup, de toute façon.

De retour chez Liliane, la mention « 17 appels en absence » m'a paralysé. J'ai eu l'impression d'avoir les chœurs de l'Armée rouge dans la poitrine.

La voix du répondeur me disait avec ce ton si particulier, en découpant les syllabes : « Fils in-digne, tu vas te ta-per une di-zaine de mes-sages de ton hys-té-rique de mère, bon cou-rage ! »

Le premier commençait comme ça : « Tu l'as vu ? Tu l'as vu, le journal ? Mina m'a tout lu ! Yééé ! Mon

Dieu ! Seigneur ! H'choumaaaaaa ! H'choumaaa !
Enterrez-moi vivante ! Creusez-moi une tombe !
Enterrez-moi vivante ! Dans un trou, quelque part
dans le jardin !! Cachez mon visage ! Couvrez-moi
de terre ! Je suis déjà couverte de honte ! »

On aurait dit une tirade de Phèdre sur une messagerie SFR. Il ne manquait plus que : « Rappelle-moi,
bisous, c'est Phèdre. »

Le deuxième message était plutôt dans le genre :
« Souffrir toute ma vie pour subir ça ! Pourquoi je
suis venue dans ce pays ingrat ! Pourquoi j'ai suivi
un campagnard de l'Ouest que je ne connaissais pas !
Est-ce que tu sais comme j'étais belle quand j'étais
jeune ! J'aurais pu épouser le ministre du Gaz et du
Pétrole en Algérie ! J'aurais pu épouser un prince !
À la place, je me suis mariée à un cordonnier ! Un
cordonnier qui m'a clouée en France ! Il m'a clouée
ici, comme il cloue ses chaussures ! Et maintenant,
je suis humiliée par le monstre que j'ai enfanté moi-
même !! Elle parle du mariage ! On ne l'a obligée à
rien du tout ! C'était un garçon de bonne famille !
Elle était d'accord et puis elle a changé d'avis du jour
au lendemain ! Personne ne lui a mis le couteau sous
la gorge ! Et la photo ! Tu as vu ?! Elle a coupé ses
cheveux ! Elle ressemble à un garçon ! Tfou ! »

Je vous passe les troisième, quatrième et cinquième
messages, assez répétitifs.

Le sixième, je ne le compte pas (2 min 28 de sanglots).

Les septième et huitième étaient trop violents, inadaptés à la civilisation moderne.

Quant au neuvième message, il a retenu toute mon attention : « C'est ma faute. J'ai tout raté. Je n'ai pas voulu que mes enfants soient des gens bien, j'ai voulu que mes enfants soient parfaits ! Je leur ai demandé trop ! Trop ! »

Une remise en question ! Pour la première fois.

Si j'avais été ma mère, j'aurais dit « *H'mar mette* ». D'ailleurs, c'est tellement unique et rare, que pour le coup, avec ce message, ce n'était pas un âne qui mourait, mais l'espèce tout entière qui disparaissait pour de bon.

La voix un brin moqueuse de la messagerie vocale a dit : « Pour ar-chi-ver, ta-pez 1 », et bien sûr, j'ai tapé 1 pour l'archiver, au contraire des autres messages, que j'ai supprimés en tapant 2.

J'aurais aimé entendre la voix froide de cette femme automatique dire : « Pour re-com-men-cer vo-tre vie et re-par-tir de zé-ro, ta-pez 4. » Alors j'aurais tapé 4, et la même voix aurait ajouté en riant : « Hé hé hé, a-bru-ti, per-sonne ne re-part ja-mais de zé-ro, pas même les A-ra-bes qui l'ont pour-tant in-ven-té, comme di-rait le pa-dre... »

Ma mère avait dit *trop trop*, comme si elle suffoquait. Trop de souffrance ? Trop d'amour ? Trop de règles ?

Je ne suis pas sûr qu'un excès de règles conduise à les enfreindre.

Si elles sont justes, alors il pourrait y en avoir une multitude, un tas de règles dans tous les recoins que ça ne gênerait personne.

C'est l'excès d'amour qui me fait peur.

« *El kebda, El kebda.* » Il est nocif parfois, ce déballage de tripes et de viscères... Tout cela va de pair avec une exigence folle et finit par ressembler à un régime despotique.

Voilà le résultat : une trentenaire au regard triste, maigre, décharnée. Il est là le cœur du problème : plus assez de chair, car plus assez d'amour. Une femme esseulée, en mal de reconnaissance, qui fait la une des journaux pour mieux dire au monde entier ce qu'elle n'a pas su dire à une mère et à un père, pourtant aimants et pleins de bonne volonté.

Mais la bonne volonté ne suffit pas toujours. Il faut dire des mots.

Je ne sais pas pourquoi, j'ai pensé à la petite Asma de ma classe de sixième 1, avec ses élastiques de toutes les couleurs. Est-ce qu'elle aussi avait une mère si étouffante qu'elle en avait développé de l'asthme ?

Mario m'a interrompu alors que j'avais toujours l'oreille collée au téléphone. J'étais de dos. Il n'avait rien remarqué, sinon il ne m'aurait jamais dérangé. Il était trop qualifié pour ça. Trop propre. Ce type, quelqu'un l'avait désinfecté à la naissance. Il avait été biberonné à l'eau de Javel.

Il a dit : « Monsieur, j'ai préparé pour vous des

brioches à la rhubarbe et du thé. » Comme s'il avait dit : « Monsieur, j'ai préparé pour vous un peu de réconfort. »

Oui, je trouve du réconfort dans la nourriture. Et plus il y en a, mieux je me porte. Si je n'avais pas les livres comme source de consolation, je ressemblerais déjà à l'obèse triste qui hante mes cauchemars.

J'ai rappelé ma mère et à peine ai-je dit « Allo ? » qu'elle s'est mise à pleurer. Elle pouvait à peine respirer. J'ai crié dans le portable : « Maman, calme-toi, reprends ton souffle, pense à ta tension ! »

Elle a répété le onzième message : « Même au bled ils savent ! Toute la famille est au courant ! C'est fini pour moi là-bas aussi ! J'ai plus qu'à déchirer mon passeport ! Je n'oserai jamais remettre les pieds en Algérie ! La vérité, tu peux la cacher, la cacher longtemps, mais le jour où elle sort, elle est grande et elle est nue ! »

J'ai demandé à parler à Mina, pensant qu'elle serait plus calme.

Oui, Mina a parlé calmement, elle a dit en toute sérénité : « Si elle était devant moi, je la buterais. »

22

Le bourgeon qui scie le tronc

Le mystère a été levé.

Le fameux Bernard T., le type à qui Dounia dédie son autobiographie, c'est l'ancien ministre de l'Intérieur, Bernard Tartois. La rumeur s'est propagée puis confirmée : ils sortent ensemble. Un polémiste a tout balancé à la radio hier matin.

Je suis sûr que Dounia est contente.

Et que ma mère a besoin d'une nouvelle et longue prescription médicale.

Bénie soit la Sécurité sociale. Quel bienfait !

Tartois, je me rappelle, c'était la sensation de l'ancien gouvernement, le chouchou des médias. Il faisait sans cesse la couv' de *Gala*, *VSD*, *Paris-Match* et compagnie. L'été, il se faisait photographier à la plage avec son slip de bain à cordelette.

C'est en partie dû à son physique avantageux. C'est clair que, si on compare avec les autres ministres

de l'époque, Tartois, c'est Brad Pitt. Je pense par
exemple à Régis Endeleau, l'ex-ministre des Étran-
gers. Une espèce de grand rouquin au teint de nou-
veau-né tout juste sorti de l'utérus.

Tartois est le genre de gars qui passe son temps à
saliver en parlant. Quand on le regarde, on se dit qu'il
a un problème de sécrétion.

Chaque fois que je tombais sur lui dans un débat
politique à la télévision, je me retenais de vomir. Je
ne pouvais m'empêcher de fixer sa bouche pleine de
salive. J'imaginais qu'un jour, à force d'oublier de
l'avaler, il se mettrait à cracher de l'écume.

Ma sœur Dounia avec Bernard Tartois…

Bordel !

Pourquoi ?

J'ai repensé à ma mère qui sanglotait. J'ai réécouté
son message soigneusement archivé, et même après
l'avoir réécouté des milliers de fois, le sentiment qu'il
me procurait restait intact.

J'ai décidé d'envoyer un SMS à ma sœur. J'ai juste
écrit : « *Bernard Tartois. Bordel ! Pourquoi ?* » Je me
suis mis en mode Miloud, j'ai écrit les choses telles
que je les pensais. Sans tact, sans pitié.

Pour une fois, c'était agréable de me défaire de
ma politesse.

Elle a répondu dans la minute qui a suivi.

« *Il me rend heureuse.* »

Nos parents, eux, ont fait de leur mieux pour te
rendre heureuse, mais ça n'a jamais marché et main-

tenant tu veux me faire croire que ce grand plein de bave de Tartois te comble ?

Dis-moi la vérité, celle qui blesse, qui est grande et nue, comme dirait maman. Dis-moi plutôt que, dans ton ambition démesurée, tu as pensé que, après tout, un ancien ministre, ce serait pas mal, avec tout ce que ça implique de confort et d'épais carnet d'adresses. Parce que, sois honnête, ça te renvoie une belle image de réussite. Parce que tu adores ce que tu incarnes aux yeux de ces gens, la fille d'immigrés courageuse qui est partie de rien et à qui tout réussit.

D'ailleurs, tu as saigné le champ lexical du combat dans ton torchon. J'ai surligné en jaune toutes les fois où tu as employé *battre, battu, combat, lutte, bataille…* En prof qui se respecte, j'étais à deux doigts de mettre *redondant,* à gauche, en rouge, dans la marge.

Moi qui admirais ton cran…

La vérité, c'est que tu n'es pas forte. C'est même l'inverse. Tu es faible. Tu es la plus faible d'entre nous.

Page 47, tu as écrit : « Je ne suis pas faite pour être une soumise. »

Nous sommes tous soumis, qu'on le veuille ou non. Il y a ceux qui se soumettent à Dieu, dans une soumission totale et visible. D'autres, même malgré eux, se soumettent aux lois des marchés financiers, aux diktats de la mode, ou à l'être aimé.

Malgré toi, Dounia, tu es devenue une espèce rare de soumise. Les soumises qui se prennent pour des rebelles. Et qui cherchent d'autres soumises à sauver.

Ça me rappelle une histoire de notre grand-père,

Sidi Ahmed Chennoun, celle du dromadaire qui se moque de la bosse du dromadaire de devant.

Oui, je l'ai lu, ton livre, et c'était pénible. Mal écrit et prétentieux. Et tu fais un peu comme ton Tartois : tu passes ton temps à cracher.

Tu craches sur tes parents, sur les musulmans, sur les Arabes, sur le mariage, sur les traditions, sur toi-même.

Tu baves sur tout ce que tu es.

Tu es le bourgeon qui scie le tronc.

À la fin du livre, tu remercies la République de t'avoir inculqué ses valeurs. Tu dis qu'elle t'a nourrie.

Quelle mauvaise nourriture, à voir le résultat.

Et tu reproches à maman de t'avoir gavée…

Ton ingratitude me dégoûte. Tout ce qui me vient à l'esprit, c'est : « Tfou ! »

Malgré votre rupture, maman t'aime plus que la République et tous les Tartois qu'elle fabrique ne le feront jamais.

23

Mehdi Mazouani

Au collège, hormis quelques incidents isolés, ma ligne de conduite soviétique fonctionnait plutôt bien. Je m'étais fabriqué ce personnage de Vladimir, un sans-cœur élevé par une meute de loups dans la toundra. Allié de taille. Surtout avec la classe de quatrième 3.

J'avais enfin fait la rencontre du fameux Mehdi Mazouani. Il ne s'était pas présenté au collège depuis la rentrée.

Le principal adjoint, monsieur Diaz, avait scotché un mot sur le tableau d'affichage : « *Mehdi Mazouani revient parmi nous fin octobre. Champagne.* »

Je n'allais pas tarder à découvrir la raison de cette ironie.

J'ai demandé à Diaz où était passé cet élève depuis presque deux mois.

« Vous savez, son père est un peu… spécial… Il

l'avait envoyé au bled *pour lui serrer les boulons*. Ce sont ses termes. »

Mehdi Mazouani a 15 ans *et demi*. C'est le plus vieux et le plus grand des quatrièmes. Quand il est entré dans ma classe pour la première fois, il avait un regard de défi, un début de barbe et une cigarette coincée derrière l'oreille.

Il s'est assis dans le fond de la salle, a posé son sac à dos sur la table et s'est mis à le taguer avec du Tipp-Ex.

Si on analyse la place que les élèves choisissent dans une classe, on peut en arriver à des conclusions très déterministes. Quelque part, ils choisissent leur rang, déjà.

Heureusement, il y a toujours des exceptions qui échappent à la règle.

J'ai demandé aux autres de résumer ce que nous avions étudié jusque-là. Sarah Zerdad, l'une des fidèles du premier rang, a levé la main la première, comme toujours. Elle n'est autre que la grande sœur d'Asma, la petite fille asthmatique de ma classe de sixième 1.

« On a fait le discours argumentatif !

— Oui ! Peux-tu expliquer ce qu'est un argument ?

— Un argument, c'est expliquer, donner une preuve pour appuyer une idée…

— Excellent, Sarah ! »

Mehdi Mazouani a haussé les sourcils sans prendre la peine de lever les yeux de son œuvre d'art au Tipp-Ex.

J'ai pensé : « Tant qu'il ne perturbe pas mon cours… », et c'était lâche.

Alors j'ai dit : « Mehdi, si on résume les cours pré-
cédents, c'est pour toi. Tu peux t'installer correctement, poser ton sac par terre et enlever ta doudoune,
s'il te plaît ?! »

Il s'est exécuté sans broncher.

Une fois qu'il a été correctement installé, il a eu ce
sourire narquois et a dit : « T'façon, j'm'en bats les
yeuks, ça m'intéresse pas. »

Char d'assaut. Char d'assaut. Char d'assaut.

« Tu vas changer de ton avec moi.

— Pourquoi ? T'es qui, toi ? J'm'en fous d'ta iv,
t'es pas mon père, v'zy parle pas avec oim steuplaît !

— Je suis ton prof de français et tu vas me respecter, c'est clair ? D'abord, tu vas arrêter de mè tutoyer
immédiatement !

— Tu vas faire quoi ? Il est sérieux, lui, là ? Tu
crois j'ai reup de toi ou quoi ? Allez saluuuut ! V'zy,
rends pas ouf.

— Continue comme ça et je fais un rapport au
principal.

— T'as qu'à faire un rapport ! J'm'en tape, la vie
d'oim, remballe frère. J'm'en bats les yeuks. »

Il n'avait que le mot *yeuk* à la bouche, à force, il
en faisait du chewing-gum.

« Casse-moi pas les yeuks. D'jà j'viens d'jà. En plus,
j'te connais pas ! T'es qui, toi ? Pff, la vie d'oim, il
est sérieux là-ssui ! »

Immodium. Immodium. Immodium.

J'aurais aimé qu'un réalisateur talentueux intervienne.

Coupeeez ! Cou-pez ! On va la refaire, hein ! Ça va pas du tout, les enfants, on la refait ! Mourad, mon lapin, tu m'as absolument pas convaincu ! Sois plus ferme, plus autoritaire. On doit sentir que tu gardes ton sang-froid, là c'était trop fragile, mon bichon... Allez, on y retourne, et cette fois, montre-toi plus dur. D'accord, mon chat ? Tu dois être un mur, j'veux voir un mur, là ! C'est ça, l'idée ! Pense Mur de Berlin, pense parpaing, pense brique, OK *? Mehdi, mon chou, t'as été parfait, change rien, ce côté brut, p'tit dur sans scrupules... c'est génial ! Refais-moi exactement la même chose, j'adore ton émotion ! Les filles, au maquillage, on en profite pour repoudrer un peu tout ça avant que ça se mette à briller ! Merci ! Bon ! Quelqu'un peut me servir un café, oui ou merde ?! Ça fait une heure que je l'ai demandé ! Il est où, le p'tit stagiaire black ?* OK, *tout le monde est prêt ? C'est parti ! Moteur... Ça tourne... Action !*

Il continuait à plâtrer son sac à dos avec ce fichu tube de Tipp-Ex en fin de vie, qu'il tordait dans tous les sens pour en extraire les dernières gouttes.

Tandis que les autres élèves profitaient du spectacle, je les imaginais tournant leur pouce vers le bas pour annoncer ma mise à mort.

« Tu resteras à la fin du cours, Mehdi, j'ai deux mots à te dire en privé.

— Si, si... ouais, ouais... j'm'en bats les yeuks. »

J'ai croisé les grands yeux de Sarah, brillants comme deux lunes. J'y ai lu le désespoir des bons élèves. J'ai reconnu ce ras-le-bol. Mes yeux en étaient pleins aussi à cet âge-là.

J'ai essayé de finir mon cours tant bien que mal, ignorant les multiples provocations de Mehdi.

Aladji, l'un des rigolards des rangs du milieu, a lu un texte qui décrivait un port de plaisance. Il a dit *yachte* au lieu de *yôte* et ça a fait rire les cinq intellos de la classe.

La cloche a fini par sonner, elle retentissait dans ma cage thoracique en *Dolby surround.*

Les élèves ont quitté la salle par groupes de deux ou trois.

Mehdi Mazouani, lui, est un loup solitaire. Ça se voit. Je les reconnais tout de suite, ceux-là. C'est une drôle d'espèce. Je suis un peu comme eux, mais en agneau.

Évidemment, il a fait mine de s'en aller. Il marchait lentement. Il savait que je le retiendrais, je crois même qu'il y tenait.

« Mehdi, tu restes avec moi une minute ! »

Il regardait ses doigts, pleins de Tipp-Ex, l'air nonchalant.

« Je vais être franc avec toi : j'ai aucune envie de finir l'année dans ces conditions.

— Moi aussi, je vais être franc : j'ai aucune envie de finir l'année tout court.

— Ah bon ? Tu veux quitter l'école ?

— Ouais. Pire. J'suis saoulé.

— Et pour faire quoi ?

— J'sais pas. On verra. J'ai pas encore décidé.

— Eh bah, je trouve ça idiot.

— Idiot de quoi ?

— C'est idiot de gâcher sa vie comme ça.

— J'm'en bats les yeuks. V'zy, elle est déjà gâchée ma vie, wesh.

— Qu'est-ce qui te fait dire ça ? T'as seulement 15 ans !

— Mais vous êtes sérieux, là, avec vos questions ? » Il s'était remis à me vouvoyer.

« Oui, je suis sérieux.

— Ça se voit, vous connaissez pas mon père.

— Non, en effet, je n'ai pas ce plaisir.

— Plaisir… Pfff ! Ouais, bon bref, si, si, j'suis pas là pour raconter ma iv. On fait comment là, vous allez faire le rapport ? T'façon, j'en ai déjà quatre depuis lundi, j'm'en bats les yeuks.

— Non, je ne ferai pas de rapport, mais on va faire un pacte, toi et moi. Tu n'as pas envie d'être là, mais il y a d'autres élèves qui, eux, sont contents de venir à mon cours. Alors, tiens-toi tranquille dans ma classe doré-navant, s'il te plaît, et je ne t'en demanderai pas trop.

— Si, si.

— D'accord ? Je compte sur toi ?

— Siiii, si. Hé, m'sieur, au fait, bien la caisse ! Classe C ! Sièges en cuir ! Si, si ! »

J'ai pensé à l'expression « Nécessité fait loi ».

Si je lui demande le minimum et que ça amène la paix, peut-être alors que ça lui donnera envie de donner plus.

Je m'étais dit : « On verra bien, pour l'instant, j'm'en bats les yeuks. »

24

Stand By Me

Hélène m'avait invité à dîner chez elle.

« Je suis à Aubervilliers centre, tu connais ? »

Pas vraiment. Enfin, c'était la banlieue, quoi.

Voilà que je réagissais comme un natif du 16ᵉ arrondissement.

C'était la deuxième fois de ma vie qu'une fille m'invitait.

La première, c'était à la boum de la classe de neige, la veille du départ. Monsieur Mounier, mon instituteur, avait presque obligé Rita, une fille de ma classe, à danser un slow avec moi.

Il avait dit : « Allez, Rita ! Sois gentille ! Va le chercher ! Il est timide ! »

Rita traînait des pieds : « Rooooolàlà, pas lui ! La honte, c'est un bébé, il pleure tout le temps parce qu'il veut rentrer dans sa maison. En plus, il sait même pas skier ! Il a peur de tomber dans un trou ! »

On avait quand même dansé ce slow ensemble, et elle ne m'avait pas regardé une seule fois. Elle avait passé son temps à soupirer en gonflant les joues. C'était sur *Stand By Me* de Ben E. King. Ça devrait être interdit de soupirer sur *Stand By Me*.

Hélas, Hélène n'avait pas prévu un tête-à-tête romantique, mais un dîner de profs. On serait quelques collègues. « Une bande sympa. » Je ne savais pas si dans *sympa* elle incluait Gérard. Je n'avais pas demandé plus de détails.

J'avais décidé d'acheter des fleurs et des pâtisseries.

Hélène m'avait envoyé son adresse par SMS. Elle avait ajouté avec malice : « *Et surtout, on ne parle pas boulot !* »

Je suis arrivé tôt, comme ces gros lourdauds qu'on attend pour 20 heures et qui se pointent à 19 h 30, genre pour donner un coup de main. En vérité, j'espérais avoir un petit moment privilégié avec la belle Hélène.

C'était compter sans Gérard, qui, lui, est de l'espèce des maxi-lourdauds et qui avait dû arriver à 19 h 20.

Il était déjà installé sur le canapé, une flûte de champagne à la main.

Hélène m'a fait la bise, ses lèvres sur mes joues, un peu comme ces vieilles dames qui continuent à se maquiller passé 70 ans et qui laissent les traces de leur méfait sur le visage des gamins, des traces roses toutes collantes.

Elle m'a dit : « Hooo ! Des fleurs ! Je suis gâtée !

Elles sont magnifiques ! Et ça, qu'est-ce que c'est ?
Du chocolat ? Oh merde, Mourad ! Mon régime ! »

Ensuite, elle a ri.

« Gérard est déjà là. Vas-y, installe-toi. Qu'est-ce
que je te sers à boire ? »

J'ai dit : « De l'eau, s'il te plaît. »

Naturellement, je me suis déchaussé et, après ça,
j'étais complètement essoufflé. On aurait dit un lapin
qui venait de s'accoupler.

Gérard a dit : « Alors, le Niçois ? T'as pas eu trop
de mal à trouver ? »

Il commençait avec ses questions à la con.

L'appartement d'Hélène était très coquet. Sur la
table du salon, une nappe mauve, et aux fenêtres, des
rideaux rose bonbon, un tas de bougies partout et des
petits bouddhas en bronze. Évidemment, il y avait
aussi une bibliothèque qui débordait de bouquins.
La plupart dans des éditions anglaises.

J'étais déjà sous son charme, mais je suis tombé
amoureux d'Hélène dès l'instant où j'ai vu cette
bibliothèque.

Gérard a sifflé sa coupe.

« C'est mignon chez elle, hein ?

— Oui, très.

— C'est la première fois que tu viens ?

— Oui. Et toi ?

— Non, non… »

Il avait dit « non, non » avec son drôle d'air.

Il semblait à deux doigts de me proposer une visite
guidée ou de m'indiquer les toilettes. Il tenait à ce que

je pige que, lui, il avait ses entrées depuis longtemps. Il se prend pour qui ? Le propriétaire ?

Caroline, la jeune prof d'arts plastiques aux lèvres fines, est arrivée, suivie par Wilfried, le TZR, Claude, le professeur d'histoire-géo, Sabine, la conseillère principale d'éducation, et Simon Moulin, le prof de musique.

Tous ont gardé leurs chaussures. Je me sentais con avec ma paire de chaussettes de sport.

C'est Claude qui a ouvert les hostilités avec son débat *démago/pas démago*.

« Je suis désolé, on n'est pas là pour faire le boulot des parents ! C'est complètement démago, cette approche d'assistante sociale. On leur enseigne des choses, certes, mais notre boulot, c'est pas de les éduquer ! Je perds un temps fou à leur demander de se taire, de s'asseoir correctement, à les calmer, à écrire des rapports disciplinaires, à régler leurs conflits, à mettre des mots dans le carnet ! »

Hélène a soupiré.

« C'est toujours la même chose ! Bien sûr qu'on n'est pas payés pour faire le boulot des parents… mais la discipline, Claude, ça fait partie du jeu ! Faut pas oublier qu'ils ont 14 ans, ce sont des gamins… Ils ont besoin qu'on les cadre, c'est normal ! Non ? C'est pas vrai, Gérard ?

— Moi, j'en dis que l'autorité, c'est inné, c'est naturel ! Y a pas besoin de faire de démonstration de force en permanence. Si les gamins sentent que c'est toi le plus fort, ils te respectent, voilà. Y a pas de secret, ni de méthode.

— D'accord, mais on n'est pas au goulag non plus, y a forcément des débordements… Excuse-moi, mais on connaît tous le calvaire du vendredi de 16 h 30 à 17 h 30 ! Ils sont surexcités chaque fois, et nous c'est pareil, on est crevés, c'est la fin de la semaine, on a qu'une envie, c'est de se casser, et ils sont pas idiots, ils le sentent… Pour moi, c'est une heure de cours stérile, je meuble, je vous le dis honnêtement ! »

Caroline mâchait sa salade en écoutant attentivement, ses pommettes se teintaient de rouge. Elle a posé sa fourchette avant d'intervenir à son tour.

« C'est pareil pour moi, Hélène… Et cette histoire de discipline, moi, ça me gêne vachement. Je pense qu'on peut être à l'écoute de leur colère, de leur fatigue, de leurs problèmes personnels pour certains, et être respecté pour ça. Ils sentent qu'on les cadre aussi en ce sens… J'ai pas mal d'élèves qui restent à la fin de mon cours pour discuter, se confier…

— Ouais, et c'est pour ça que tu loupes toutes tes récrés ! T'es pas la psy du collège, non plus !

— Non, Gérard, je ne suis pas la psy, mais ça mérite réflexion quand même ! Quel est le rôle d'un prof aujourd'hui ? Alors, on nous en demande plus, oui. Mais, à notre époque, il ne s'agit plus uniquement de leur matraquer des apprentissages…

— C'est facile à dire pour toi ! Tu leur fous du papier et une boîte de crayons de couleur, ils te font un arc-en-ciel, et puis tu rentres chez toi, t'es contente. »

Tout le monde a protesté, il y a eu un « rooooo ! » général. Simon, le prof de musique, a plaidé pour sa paroisse.

« C'est vraiment pas cool de dénigrer les matières artistiques ! Je croyais qu'on en avait fini avec ces thèses fumeuses ! C'est essentiel pour le développement personnel et tu le sais ! On leur ouvre l'esprit.

— Exactement ! Et contrairement à ce que tu penses, Gérard, je leur "fous" pas une boîte de crayons de couleur à chaque cours ! Eh oui, bien sûr, je suis contente de leur parler de Kandinsky et de les sortir de Montreuil pour les emmener au musée ! Est-ce que tu te rends compte que la plupart n'y ont jamais mis les pieds ! Ils ne savent même pas ce que c'est qu'une exposition !

— Les parents n'en ont rien à foutre qu'on amène leurs gosses à des expositions ! Ils veulent qu'on leur apprenne à lire et à compter ! Voilà ! Si on arrive à aller au bout du programme, c'est déjà bien ! Hein, Simon... Leur faire écouter du rap en cours, si c'est pas démago, ça, je sais pas ce que c'est !

— Bien sûr que je leur fais écouter du rap ! Et je trouve que c'est très intéressant de leur faire découvrir ça autrement, avec une analyse musicale approfondie. Et si j'enseignais dans le centre de Paris, je ferais exactement pareil !

— Quelle analyse approfondie tu veux faire de "Nique ta race biatch" ?! T'appelles ça de la musique, toi ?

— Alors voilà ! Tout de suite ! Les clichés sur le rap ! Tu me fais penser à mon grand-père qui disait

à mon père que le rock, c'était pas de la musique !
Arrête de jouer au vieux con ! Ça te va pas. »

Au contraire, je trouvais que ça lui allait comme
un gant.

Claude a repris la main, et un peu de vin au passage.
« C'est vrai quoi, merde ! À quoi ça rime ? On
leur fait de fausses promesses… Ça fait vingt ans que
j'enseigne dans le 93 et, au bout du compte, j'ai pas
vu de miracles ! Malgré toutes les réformes qui se sont
succédé sous mes yeux ! Mes anciens élèves, pour
ceux qui s'en sortent bien, ils sont vigiles au Carre-
four de la porte de Montreuil, ou vendeurs dans des
boutiques de sport ! Les nanas pas trop mal roulées,
elles se retrouvent hôtesses d'accueil. Je vous parle
même pas de ceux que je vois traîner toute la journée
dans les PMU de la rue de Paris, à dépenser leur RSA
en jeux de grattage ou au Rapido ! »

Hélène s'est levée de table et a apporté le poulet
rôti.
« Bon, on a fini le quart d'heure des grands désa-
busés ou pas ? Wilfried, tu peux découper le poulet
s'il te plaît ? »
Je mangeais sans bruit en craignant que quelqu'un
ne me demande mon avis.
Évidemment, Gérard n'était pas d'humeur à
m'épargner.
« Et toi, le nouveau ! C'est quoi, ton avis ? Hein ?

Toi qui viens de te lancer ! Avoue que tu tombes de haut !

— … Euh… Pas vraiment. Je ne savais rien. J'apprends. J'ai pas de méthode, pas d'a priori, je fais avec.

— Tu fais au feeling, quoi ? Tu improvises ?

— Un peu, oui, bien sûr. J'ai pas le choix. Y a des jours, en entrant dans ma salle, je me sens comme un dompteur qui pénètre dans la cage d'un fauve. Un truc se joue entre eux, ça relève presque de l'instinct…

— Ha ha ! Elle est bonne, celle-là ! La théorie du prof dresseur de lions ! C'est la première fois que j'entends ça ! Cela dit, le retour de la cravache à l'école, pourquoi pas… »

Sabine, la CPE, a regardé Gérard en haussant un sourcil.

« À quoi tu joues, Gégé ? Qu'est-ce que c'est que ces discours de réac' blasé, là ?

— C'est pas réac', je vous signale que j'ai vingt-cinq ans d'enseignement dans le dos !

— Putain, qu'est-ce que vous vieillissez mal, les communistes, c'est dingue ! »

Tout le monde a ri, sauf Gérard, qui s'est resservi en vin. Ce gars était plus frustré que moi, et être plus frustré qu'un puceau de mon âge, fallait le faire.

Hélène, en nous servant le poulet, a proposé qu'on parle d'*autre chose* que de boulot. Sur le coup, tout le monde a eu l'air d'accord.

« Est-ce que vous êtes au courant pour Émilie Boulanger ?

— La petite blonde avec les seins énormes, là ?

— Ouais, de la classe de cinquième 1 !

— Quoi ? Qu'est-ce qu'elle a ?

— Elle est en cloque ! Cet après-midi, j'ai reçu sa mère…

— Émilie Boulanger ! Mais elle a 13 ans !

— C'est pas vrai ?! Quand est-ce qu'ils commencent ? En CE2 ?

— C'est l'époque ! Faut s'y faire et puis c'est tout !

— En même temps, la pauvre gamine faisait déjà du 90 B l'année dernière !

— Quand tu vois la mère, tu piges tout de suite ! Elle a 3 de QI !

— Sabine, t'es méchante !

— Quelle bande de commères on fait ! »

Ils ont gloussé comme des petites poules, un peu plus et ils pondaient des œufs.

J'ai compris que l'unique raison qui poussait les profs à choisir l'enseignement secondaire, c'était la nostalgie de leurs 14 ans.

Je suis le dernier à avoir quitté l'appartement d'Hélène. Alors que je remettais ma paire de All Stars bleu électrique, appuyant la tête contre le mur du couloir, elle m'a demandé : « T'es pressé ? » Alors j'ai répondu en bégayant : « Bah, euh, oui, un peu, j'ai… euh… j'ai de la route. »

Hélène a eu l'air déçue. Elle a dit : « Bon, tant pis alors. Bonne nuit, Mourad, et merci pour les fleurs… »

Qu'est-ce que je peux être con !

Après tout, c'était de sa faute ! Qu'est-ce qui lui avait pris de m'inviter à rester tout à coup ? Elle m'avait demandé ça d'un air un peu coquin, avec une voix un ton plus grave.

J'ai pas la gueule de Casanova. On n'effraie pas un garçon chaste, ça ne se fait pas ! C'était pas une bonne idée, la voix coquine, je n'ai jamais été aussi bloqué de ma vie.

Je m'en veux tellement que j'ai envie de me taper la tête contre un mur à m'en faire couler la cervelle.

Miloud, lui, n'aurait pas hésité, il est plutôt du genre à rester jusqu'au lendemain matin, à traîner en caleçon dans l'appartement en sifflotant et même à manger les restes de poulet froid au petit déjeuner.

Mehdi Mazouani non plus, d'ailleurs, n'aurait pas hésité longtemps, du haut de ses 15 ans, il aurait répondu : « J'suis pas pressé ! J'fais rien d'ma iv. Enlève ton pantalon, v'zy. T'as fait la chaude avec ta voix de p'tite teupu, t'assumes main'ant, j'm'en bats les yeuks ! » En vérité, n'importe qui aurait saisi l'occasion.

J'ai eu besoin de marcher après ce moment embarrassant.

Dans la nuit d'Aubervilliers, une odeur d'urine et de marrons grillés flottait dans l'air, ça sortait des bouches de métro.

Quelques gars fumaient devant un bar, ils parlaient arabe et ça sonnait comme dans les films égyptiens des années 70, ceux dans lesquels les actrices se réveillent au matin déjà très maquillées. Ma mère les adore.

Une prostituée chinoise était appuyée contre un poteau devant un Western Union. Derrière elle, la publicité avec la petite Indienne qui écrit dans un cahier d'école ; sous la photo, on peut lire : « *J'envoie tout mon soutien : transfert d'argent rapide et sûr dans le monde.* »

Si j'avais eu du cran, je serais allé la voir, cette Chinoise triste, avec ses jambes arquées bien plantées dans le goudron. Je lui aurais demandé si ça allait, elle n'aurait probablement pas répondu, elle aurait juste dit les prix en mimant un peu avec les mains, tout en regardant au loin, l'air inquiet, comme si on la surveillait de l'autre côté de la nationale.

Je l'aurais suivie dans le premier bar-hôtel minable. Dans les escaliers, il y aurait évidemment une odeur désagréable, de vinaigre par exemple.

Avec ses jambes arquées, elle aurait gravi les marches deux par deux, et dans la chambre, elle aurait d'abord enlevé sa veste en fausse fourrure de lapin, puis son chemisier en dentelle. Moi, malgré toute ma bonne volonté, même en pensant à Hélène, même en fermant les yeux très fort, je n'y serais pas arrivé.

Après quelques longues minutes, la Chinoise, lassée d'attendre à moitié nue, avec moi, assis sur le lit à ressorts, impuissant, aurait proféré quelques insultes dans sa langue en se rhabillant et elle serait repartie, me laissant planté là comme un crétin.

Dans la nuit froide d'Aubervilliers, postée contre son poteau en face du Western Union, la prostituée aux jambes arquées continue de regarder au loin, elle fixe un point invisible. Elle pense peut-être avec douleur à tout ce qu'elle a abandonné en quittant sa province du Liaoning, des parents malades ou un jeune enfant à peine sevré… C'est vrai, après tout, elle a l'air d'avoir 30 ans passés. Peut-être qu'elle est mère ?

Cette pensée me fait honte, je n'aime pas le mélange des genres. Est-ce que j'ai un problème ?

Je longeais les murs et les tôles sur lesquelles avaient été collées grossièrement quelques affiches. « *Marcel Désiré Bijou, éminent prédicateur de Kinshasa, promet de délivrer le secret de la lumière éternelle, le dimanche 6 décembre à 15 heures à l'église évangélique luthérienne de la Foi absolue, à Nanterre.* »

Marcel Désiré Bijou, avec un nom pareil, devait avoir une mère encore plus gratinée que la mienne.

Avec son beau costume blanc et parme, assorti au chapeau, j'imaginais son cordon ombilical en cuir véritable ou en or massif.

Pourquoi se mentir ? Ma mère n'aimerait jamais une fille dans le genre d'Hélène. Elle n'aimerait jamais aucune autre fille d'ailleurs.

À ce prix-là, autant me faire castrer, et avec un peu de chance, on m'embaucherait comme eunuque dans un hammam en Turquie.

Lorsque je suis arrivée chez Liliane, la lumière du grand salon était allumée. J'ai pensé que Mario avait peut-être oublié d'éteindre et puis je me suis dit : « C'est impossible, Mario ne commet aucune erreur ! »

Il était presque deux heures du matin et j'ai trouvé Liliane, dans son peignoir en satin vert pistache, en larmes devant le grand miroir au-dessus de la cheminée. Elle se touchait le visage comme pour vérifier que chaque chose se trouvait encore à sa place.

« Qu'est-ce qui se passe, Liliane ? Ça ne va pas ?

— Je regrette, Mourad ! Je n'aurais jamais dû faire ça ! Je peux à peine sourire ! Et puis j'ai cet air étonné en permanence ! Je suis affreuse !

— Mais non, tu n'es pas affreuse ! Et puis, ne t'inquiète pas ! Avec le temps, ça va s'arranger, c'est ce qu'a dit le chirurgien. La peau va se détendre. Comme le cuir des chaussures neuves.

— Le cuir des chaussures neuves ?!

— Excuse-moi, Liliane, c'est le premier exemple qui me soit venu à l'esprit. Tu sais, mon père est cordonnier… Où est Miloud ?

— Miloud dort. Il dort paisiblement. Il a toute la vie devant lui. Pourquoi s'embarrasser d'une vieille bécasse dans mon genre ?

— Dis pas des choses pareilles ! Tu sais bien que Miloud est fou de toi. »

Est-ce ça qu'on appelle un *mensonge pieux* ?

« Je t'en prie, Mourad ! Je ne suis pas si naïve que j'en ai l'air ! Il m'aime sûrement, mais comme une mère. Parce que j'ai exactement l'âge de sa mère, figure-toi ! »

Je n'étais pas aidé, là.

« J'aurais dû l'écouter ! Il m'avait bien dit de ne pas toucher à mon visage ! Que va dire mon fils ? Édouard arrive à Paris dans quelques jours ! Il a pris ses congés pour Thanksgiving !

— C'est une super-nouvelle, ça ! Ça fait combien de temps qu'il n'est pas venu ?

— Si je compte bien, ça fait six ans qu'on ne s'est pas revus. Tu te rends compte, Mourad ? Six ans ? La seule chose qui atteste de son existence, c'est ce virement automatique... Si tu savais ce qu'il me ponctionne chaque mois ! C'est honteux ! Même dans les yeux de mon gestionnaire financier, je vois écrit le mot "scandale" ! Je ne suis rien d'autre qu'une vache à lait liftée. »

Je me suis senti très mal à l'aise. Je vivais chez elle depuis presque trois mois, à l'œil.

« Ne me fais pas ces yeux-là, voyons ! Je ne parle pas de toi ! Je parle de mon propre enfant qui ne daigne même pas me passer un coup de fil pour mon anniversaire ! Je suis sûre qu'il m'en veut d'avoir quitté son père ! Les enfants sont ignobles ! Ils sont égoïstes !

— N'y pense plus ! Il est tard, tu devrais aller te reposer !

— Me reposer ? Tu parles ! J'ai pris deux Stillnox, mais impossible de fermer l'œil ! Ça ne me fait plus d'effet ! Mon corps s'est habitué aux hypnotiques... Dis-moi, Mourad ?

— Oui ?

— Ça t'embêterait de rester près de moi un moment ? Tu sais, je suis saisie d'angoisse la nuit.

— Bien sûr, pas de problèmes, je reste là, Liliane. On peut en parler si tu veux.

— Tu sais, je crois que personne ne m'a jamais aimée vraiment, ou alors pas de la bonne manière. »

On s'est assis sur le divan.

Je lui ai tenu la main et elle a parlé de son ex-mari volage, de sa mère si parfaite, de son père absent et de ce vieil oncle chez qui elle et sa sœur Violette passaient leurs vacances en Champagne. Il leur donnait le bain alors qu'elles avaient respectivement 12 et 14 ans. Les larmes de Liliane coulaient sur la peau tendue de son visage.

Quand la nuit tombe, souvent, les masques aussi.
When the night has come
And the land is dark
And the moon is the only light we see
No I won't be afraid
No I won't be afraid
Just as long as you stand
Stand by me

25

Le syndrome de Babar

J'adorais les histoires de Babar l'éléphant. Elles ont bercé mon enfance. J'en faisais même la lecture au padre le soir.

Et non l'inverse.

Mina m'avait téléphoné plus tôt dans la journée pour savoir ce que je comptais faire de ma collection de livres. Elle s'attelait, avec Jalil, à ranger les cabanes du padre dans le jardin.

« Papa a tellement de vieilleries ! C'est incroyable ! J'en reviens pas ! J'ai trouvé de ces trucs !

— Genre quoi ?

— Genre un marteau-piqueur rouillé, un pneu de tracteur, une bouteille de Perrier gonflable, un javelot, cinquante-cinq mètres de corde, et au moins vingt vinyles des Beatles ! Nan, mais les Beatles, quoi ! Depuis quand papa aime les Beatles ? »

Je crois qu'il n'a jamais écouté les Beatles. Il avait

juste trouvé ces vinyles quelque part, les avait ramassés et entassés dans la cabane, comme tout le reste.

« Et attends le pire ! Toutes les paires de chaussures de la cordonnerie ! Y en a une cabane pleine à craquer ! »

Le padre avait une histoire particulière avec ce qu'il appelait les « orphelines ». Il arrivait parfois que des clients déposent leurs chaussures et ne reviennent jamais les récupérer.

Le padre avait pris l'habitude de stocker ces paires abandonnées en se disant qu'un jour, peut-être, les propriétaires réapparaîtraient.

Ça avait donné ce gigantesque orphelinat de la godasse dans la cabane en bois à l'arrière du jardin.

« Bon, Mourad, et tes bouquins de quand t'étais petit ? On en fait quoi ? Y a tous tes *Babar* là…

— Les jette pas, surtout ! J'y tiens !

— D'accord, mais qu'est-ce que tu veux que j'en fasse ?

— Tu veux pas les récupérer pour tes enfants ?

— Jamais de la vie !

— Ah bon ? Et pourquoi ?

— Bah, parce que *Babar*, c'est rien d'autre qu'une histoire à la gloire du colonialisme, et puis c'est tout… J'ai pas envie de faire lire ça à mes gosses !

— Toi et tes théories, Mina ! Tu crois pas que t'abuses ?

— Ah ouais ? Une vieille dame blanche qui apprend les bonnes manières à un éléphant ? Du jour au lendemain, il se met à marcher sur deux pattes, à porter des costards trois-pièces, à conduire une voiture, pour finalement retourner dans la jungle et imposer son nouveau mode de vie à toute sa tribu d'éléphants... T'appelles ça comment, toi ? »

Vu comme ça, ça se tenait.

« Papa, ça va ?

— *Hamdoullah*. Ça va. Ils essaient de le faire marcher maintenant. Tu sais, avec le déambulateur.

— Tant mieux. C'est bien.

— Mais tu le connais... Il râle. Il n'arrête pas de dire : "J'y arrive pas", "Laissez-moi tranquille". Ce qu'il veut, c'est manger, dormir et broyer du noir. Il a envie de sortir de l'hôpital, il en peut plus, de l'hôpital. Il passe son temps à dire que son chat lui manque.

— Quel chat ?

— On sait pas. Je crois qu'il parle de Moustico, le chat des voisins.

— Mais ça en est où, cette histoire de permission ?

— Le médecin n'a pas encore donné la réponse. Ce sera seulement pour un week-end. Ça peut aider à le remotiver. Et toi, alors ? Tu descends quand ? T'as pris les billets ?

— Oui, je les ai pris. Plus que huit jours avant les vacances scolaires !

— Je te préviens, réserve-toi, maman a fait tes gâteaux préférés, des *makrouts* et des *griwouch*. »

Ma mère serait tellement vexée si elle apprenait que je préférais désormais les délicieuses brioches à la rhubarbe de Mario.

J'avais hâte de redescendre à Nice. Comme s'il s'était écoulé dix ans.

Au collège, avec Hélène, tout était redevenu normal en apparence.

Avec tout de même un petit caillou dans la chaussure. (On est fils de cordonnier ou on ne l'est pas.)

J'avais remarqué qu'elle ne me souriait plus autant et qu'elle passait toutes ses récréations avec Gérard, le syndicaliste moisi, qui n'hésitait pas à me narguer ouvertement.

À l'IUFM, on nous assénait des généralités sur l'enseignement, un tas de concepts fumeux et de notions abstraites sur la transmission des savoirs, et tout cela m'emmerdait au maximum.

Pourquoi personne ne nous parlait des Mehdi Mazouani que seule une menace de renvoi au bled retenait sur les bancs de l'école ? On ne nous parlait pas non plus de ces Émilie Boulanger qui foutaient leur scolarité en l'air en tombant en cloque à 13 ans, avant même de savoir ce qu'est un utérus. Tout comme on ne nous expliquait pas davantage de quelle manière il fallait s'y prendre pour tailler un diamant brut comme Sarah Zerdad avant que le découragement ne lui fasse perdre de son éclat.

À propos de Mehdi Mazouani, j'avais entendu dire par des élèves qu'il s'était fait cogner salement par une bande de mecs à la station Maraîchers, qu'il avait le nez cassé et quelques côtes fêlées. Je me suis fait du souci, en vérité, j'avais de l'affection pour lui, je ne m'en battais pas les *yeuks*. Je l'ai imaginé, s'efforçant de retenir ses larmes, le goût aigre du sang plein la bouche.

Je me suis demandé si son père viendrait à la remise des bulletins de fin de trimestre. J'étais très curieux de le rencontrer, comme j'étais curieux de rencontrer les autres parents d'élèves. L'occasion de vérifier l'adage « le fruit ne tombe jamais loin de l'arbre ».

Le padre, lui, n'avait jamais loupé une réunion parents-profs.

Un jour, il m'avait demandé : « Comment ça se fait que tu ne bavardes jamais ? »

Alors j'avais répondu : « C'est parce que personne n'a envie de bavarder avec moi. »

Dounia avait essayé de me joindre plusieurs fois ces jours-ci.

Je l'évitais délibérément.

J'avais déjà pris mon billet, alors qu'il avait été question qu'on descende à Nice ensemble pendant les vacances scolaires et qu'elle aille rendre visite au padre à l'hôpital.

En rentrant des cours, je m'étais enfin décidé à écouter mon répondeur.

Dounia a une habitude très agaçante : chaque fois qu'elle laisse un message, elle commence comme ça : « Salut, c'est Dounia, on est mardi, il est 16 heures et des brouettes… », ou « Salut Mourad, c'est Dounia, jeudi, 9 heures et des brouettes… »

Cette manie est vraiment énervante. D'abord, c'est inutile parce que le répondeur donne automatiquement la date et l'heure avant chaque message, ensuite plus personne ne dit « et des brouettes… » depuis le milieu des années 80.

Elle me parlait d'un dîner organisé le lendemain soir à l'ambassade de Suède, dont le ministre de l'Intégration était en visite à Paris. Ma sœur, qui faisait partie de la délégation française, tenait à m'inviter.

C'est idiot, mais je n'ai pu m'empêcher de penser à la publicité pour les rochers Ferrero : « *Les soirées chez l'ambassadeur sont réputées pour le bon goût du maître de maison, un goût raffiné qui charme toujours les invités…* »

Le propos était suivi d'une musique semi-érotique, ensuite il y avait cette Chinoise qui croquait dans un rocher enrobé de chocolat en disant : « *Délicieux !* »

J'étais certain que Dounia avait une idée derrière la tête. Et cette idée derrière la tête, c'était sûrement un quarantenaire dynamique de centre droit, producteur de salive en excès.

La connaissant, elle avait choisi l'occasion rêvée de me présenter Bernard Tartois, l'homme qui *la rendait heureuse*.

Dans le message, elle avait aussi dit : « *Le week-end prochain, je suis libre pour aller voir papa à Nice, si ça tient toujours…* »

Ce que je ne peux pas enlever à Dounia, c'est qu'elle en a une sacrée paire.

Elle au moins.

Je me suis douché et j'ai emprunté des vêtements à Miloud, qui est toujours ravi de montrer ses costumes Armani, ses jeans Dior et ses Weston vernies.

Je ne m'étais jamais trouvé aussi beau.

Miloud m'a dit : « J'te jure, tu es beau gosse ! *Saha !* Si tu veux, je te dépose ! Ce soir, je sors Liliane, elle déprime… »

Je l'ai regardé en souriant, il était tout dégoulinant de frime, alors je lui ai dit : « Arrête de faire le *bachelor*, Miloud ! Dis plutôt que c'est elle qui te sort ! »

Miloud et Liliane m'ont déposé comme convenu rue Barbet-de-Jouy, dans le 7ᵉ arrondissement. Dounia était venue à la grille pour m'accueillir, elle portait un tailleur élégant et des escarpins qui avaient au moins quinze centimètres de talons. Ça m'a fait une drôle d'impression en lui faisant la bise.

En tout cas, elle semblait heureuse de me voir. Elle m'a chuchoté : « Je pensais que tu faisais la tête et que tu ne viendrais pas… »

C'est exactement ce qui aurait dû se passer.

J'ai pensé au padre, à ce qu'il avait dit cet été, il avait demandé à voir Dounia et je me devais d'honorer sa volonté, sinon je risquais de me sentir toute ma vie comme un mauvais fils. Je veux dire encore plus mauvais.

Dans un salon ultra-chic, une quinzaine d'invités étaient déjà là et tenaient fermement leur verre à pied. Ils s'étaient rassemblés naturellement en cercle, autour du ministre. Tout le monde l'écoutait religieusement en hochant la tête, ce qui m'a fait penser à une cérémonie occulte.

Loin de ressembler à un vieux gourou obscur, le ministre suédois de l'Intégration, M. Erik Ullenstrass, était un homme jeune, beau et sans doute très drôle, puisque tout le monde se fendait la poire à chaque fois qu'il ouvrait la bouche. Mon niveau d'anglais n'était pas suffisant pour rire.

J'ai pensé : « C'est dommage pour Hélène, j'ai aussi raté l'occasion d'avoir un professeur particulier. »

Dounia m'a entraîné par le bras à l'ouest du cercle.

J'ai reconnu Tartois, qui m'a accueilli avec son sourire de politicien et une poignée de main forte et franche, bien comme on lui avait appris.

Il était en mode *Bernard en campagne,* genre au marché aux poissons de la place Saint-François un dimanche matin d'entre-deux-tours. Il était à deux doigts de me distribuer un tract en disant : « Votez pour moi ! »

Bordel. Je regrettais déjà d'avoir accepté de venir.

L'un des serveurs cambodgiens portait des gants d'une blancheur impeccable, il se tenait très droit et marchait à petits pas, c'était l'exacte copie de Mario, à cette nuance près qu'il souriait plus volontiers. Il m'a tendu un plateau en argent sur lequel étaient disposées des coupes de champagne. J'ai regardé un instant les petites bulles remonter dans les verres comme autant de putes bulgares remontant la promenade des Anglais au petit matin.

J'ai dit : « *No. Thank you.* » Je mourais pourtant de soif, à en tousser de la poussière, mais je n'osais pas demander autre chose.

Alors que les convives se dirigeaient vers la salle à manger à la demande de l'ambassadeur, un autre serveur m'a tendu un autre plateau sur lequel on avait disposé des petites sculptures en bois qui portaient les cartons avec le nom des invités. Spontanément, quand j'ai vu « *Mourad Chennoun* » inscrit, j'ai approché ma main pour saisir la petite sculpture, par réflexe, en me disant bêtement : « Ça doit être pour moi. » Le Cambodgien a poussé délicatement ma main et a fait non de la tête en souriant gentiment. Dounia s'est approchée de moi et a murmuré : « C'est le plan de table, Mourad, c'est juste pour t'indiquer où tu dois t'asseoir… »

C'était plutôt humiliant. Sur le moment, j'ai pensé à cette histoire : *Le Rat des villes et le Rat des champs.*

Mehdi Mazouani aurait dit : « T'es sérieux, là, Made in Taiwan, avec ton plan de table en 3D ? V'zy, j'fais c'que j'veux ! J'm'assois où j'veux ! J'm'en bats les yeuks, frère ! »

Voilà typiquement le genre de moments qui font resurgir ma laxophobie.

Imodium. Imodium. Imodium.

Heureusement, j'en ai toujours sur moi.

Les convives étaient des gens de la haute pour la plupart, mais il y avait aussi le président d'une association de réinsertion de détenus et un jeune journaliste de presse écrite qui avait une forte odeur de transpiration. Ils avaient l'air aussi paumés que moi. Et encore, grâce aux nombreux dîners mondains qu'organisait Liliane, j'avais une petite longueur d'avance dans le tri des couteaux et des fourchettes.

Tout le monde s'était présenté et c'était mon tour ; j'ai dit : « Je suis professeur de français dans un collège en zone d'éducation prioritaire, à Montreuil. » Un peu comme si je justifiais ma présence. Un peu comme pour me donner de la contenance.

À ma droite, une blonde boulotte que le trac faisait trembler a expliqué son job. J'ai compris qu'elle faisait vaguement de la sociologie, de l'ethnologie, de la statistique, et publiait des essais, dont le dernier s'intitulait *L'Échec de l'assimilation*.

Le jeune journaliste qui sentait des aisselles a fait une présentation brève. Il écrivait pour la rubrique « Éducation » d'un grand quotidien, c'est tout ce qu'il a dit en dehors de son nom. Il avait l'air de se préoccuper davantage de ce qu'il y avait dans son assiette. Si ma mère avait été à table avec nous, elle aurait dit : « Hé ! Toi ! Doucement ! On dirait que tu n'as jamais vu de nourriture de ta vie ! Espèce de *makhlouh* ! »

Erik Ullenstrass plissait ses yeux bleus et se caressait le menton avec le pouce et l'index en écoutant ses invités, parfois il hochait la tête. Une assistante, dont on voyait l'intérieur des narines, lui traduisait simultanément tout en suédois.

Tartois a pris la parole. Longtemps, très longtemps.

Assez longtemps pour fabriquer des litres et des litres de bave, assez de bave pour noyer un continent entier.

Erik Ullenstrass a demandé en anglais : « D'après vous, l'intégration à la française va mal ? » Il a répondu du tac au tac en prenant un air hyper-concerné : « Vous voulez que je vous dise, nous vivons une crise identitaire sans précédent ! » Ensuite, il a fait le tour de l'actu de ces cinq dernières années en quinze minutes. Il a parlé de « difficultés d'acculturation » pour certaines populations, des musulmans qui prient dans la rue, de la pauvreté du langage des banlieues, du voile à l'école, du repli communautaire.

Avec une aisance déconcertante, il a fait son *cocktail* comme Tom Cruise dans un vieux film du même nom.

Dounia le regardait avec des yeux enamourés en hochant la tête.

J'ai repensé à ma première heure de cours avec ma classe de sixième 1, je leur avais expliqué ce qu'était un cliché et, en écoutant Tartois le baveur faire son speech, j'ai pensé qu'après tout ce n'était pas indispensable de le savoir pour réussir professionnellement.

Je ne sais pas ce qui m'a pris alors, je l'ai interrompu.

« Pour résumer votre pensée, Bernard, la France a un problème avec l'islam. »

Il a fait des yeux ronds et a avalé sa salive, pour la première fois depuis août 1977. Il regardait tous les convives, comme un gars pris en faute.

« Non, non, attention… je n'ai pas dit ça ! Ouh là là ! C'est absolument pas ce que je dis ! Simplement, je suis profondément attaché à la laïcité et il faut reconnaître que, pour certaines communautés, adopter le mode de vie français me paraît plus difficile que pour d'autres… Dans certaines situations, on voit bien qu'il y a des traditions et des pratiques qui paraissent complètement incompatibles avec notre

République laïque. Il faut accepter cette réalité et ouvrir les yeux. Notre travail est de faire ce constat et de proposer des solutions.

— Incompatibles ? »

Incompatibles comme ma sœur et toi par exemple ?

Dounia ne s'est pas privée de prendre la défense de son Bernie chou d'amour.

« Sérieusement, faire ce constat, est-ce que ça fait de lui un islamophobe ? Ou quelqu'un qui ne respecte pas les libertés individuelles ?

— De quelle liberté on parle ?

— Ah non, je t'en prie ! C'est pas à moi que tu vas faire le coup ! Je me bats pour la liberté des femmes, et en particulier celles qui sont prisonnières d'un système patriarcal archaïque qui n'a pas sa place dans ce pays ! Par exemple, l'interdiction du voile à l'école me paraît totalement justifiée ! Je ne peux même pas imaginer qu'on remette ça en question aujourd'hui ! »

Même le journaliste qui sentait dessous les bras avait lâché sa fourchette pour suivre notre débat. Le ministre et l'ambassadeur avaient les yeux qui brillaient, quant à la traductrice, elle redoublait d'efforts pour ne rien louper.

Je me sentais chaud bouillant.

« C'est parce que tu as un problème personnel avec le voile.

— Absolument pas ! J'ai un problème personnel avec tous ceux qui empêchent les femmes d'être libres !

— Mais c'est exactement ce que vous faites en interdisant le voile à l'école ! On ne peut pas dire aux gens : "Soyez libres à NOTRE manière, il n'y a qu'une seule façon d'être libre, c'est la nôtre !" Je trouve que c'est absurde ! Et que ça ne fonctionne pas ! Ça crée du ressentiment, de l'injustice ! Tu dis que tu défends les femmes, mais tu penses au nombre de filles qui ont quitté l'école à cause de cette loi ?! Elles ont tiré un trait sur toutes leurs ambitions, sur leur unique chance de sortir de ce système archaïque que tu prétends combattre... »

Bernard Tartois a croisé les bras en regardant en l'air.

« Il n'est pas question d'imposer quoi que ce soit, il s'agit de faire respecter les mêmes règles à tout le monde. Il s'agit d'empêcher qu'à cause du repli sur soi, de cette crise identitaire que l'on connaît, des Dounia ou des Mourad ne puissent pas se sentir français, s'épanouir et contribuer à l'enrichissement de ce pays.

— Ça veut dire quoi *des Dounia et des Mourad* ?

— Euh... Eh bien, si on met sa paranoïa de côté, c'est juste une façon de dire qu'on doit éviter le communautarisme à tout prix, que peu importent les origines sociales ou ethniques...

— Bah non... Pas *peu importe*, puisque vous venez de les souligner là, devant tout le monde, nos origines en l'occurrence...

— Bon, Mourad, où tu veux en venir ?

— C'est vrai, où est le problème ? Je ne comprends pas ce qui est choquant là-dedans !

— Ce que je trouve choquant, c'est cette contradiction... Je veux dire, pour être français à part entière, il faudrait pouvoir nier une partie de son héritage, de son identité, de son histoire, ses croyances, et même en admettant qu'on y arrive, on est sans cesse ramené à ses origines… Alors à quoi bon ? »

Dounia fronçait les sourcils. Elle n'avait pas l'air de partager cet avis du tout. Quant à son Tartois, je l'avais contrarié, il sécrétait de la bave ministérielle. Yves Michonneau, le type qui s'occupait de la réinsertion des détenus, est intervenu, il m'était d'emblée sympathique parce qu'il avait nettoyé la sauce qui restait dans son assiette avec de la mie de pain.

« Je vois tout à fait ce qu'il essaie de dire. Nous, à l'association, c'est exactement ce genre de choses qu'on entend. Les détenus se sentent constamment mis à l'écart et, du coup, ils sont de moins en moins motivés, c'est le même principe, quoi… »

Ma sœur boudait.

Le ministre beau gosse chuchotait des choses en suédois à l'ambassadeur, je crois que notre échange le passionnait. Jusque-là, il avait sans doute pensé que son voyage à Paris ne servirait qu'à acheter de la lingerie et du parfum français à sa femme.

Bernard Tartois a posé sa main sur mon bras. Son geste se voulait fraternel, mais je l'ai trouvé méprisant. Étais-je paranoïaque ?

« Ce n'était absolument pas un jugement, je trouve ça formidable d'aller au-delà des limites imposées par le clan. Tu vois, Dounia, c'est un modèle extraordinaire, non seulement pour toi, mais pour tous les petits frères et les petites sœurs qui la regarderont et se diront : "Elle me ressemble, elle est comme moi, je peux y arriver aussi !" »

J'ai souri et j'ai gentiment ôté la main de Tartois en prenant son poignet.

« Bernard ? Vous connaissez les histoires de *Babar, le roi des éléphants* ?

— … Oui… Quel rapport ?

— Babar aura beau marcher sur deux pattes, porter des costumes trois-pièces, un nœud papillon, et rouler dans une voiture décapotable, ce sera toujours un éléphant ! »

Il a eu un sourire en coin.

Dounia pianotait nerveusement sur son BlackBerry, elle envoyait un SMS sous la table.

L'ambassadeur a alors demandé : « Monsieur le ministre aimerait savoir s'il existe une traduction des aventures de Babar en suédois ou en anglais… »

Jusqu'au café, je me suis tu.

Tartois a continué de donner son avis sur tous les sujets, dans une émulsion de crachat.

Après le repas, Dounia m'a dit : « Tu m'accompagnes dans la cour ? Je vais fumer une cigarette. »

J'ai fait « oui » de la tête et je l'ai suivie. Elle déambulait sur ses hauts talons, serrant son paquet de Philip Morris dans la main gauche et son BlackBerry dans la droite.

Dans la cour intérieure, elle a pincé le filtre entre ses lèvres charnues pour allumer sa cigarette, la flamme du briquet s'éteignait sans cesse, alors je l'ai couverte pour la mettre à l'abri du vent. Elle a pu l'allumer enfin et a aspiré tellement fort que j'ai cru que c'est Dounia qui se consumerait tout entière.

« C'est quoi ce numéro que tu m'as fait là ?

— Quel numéro ?

— Oh, s'il te plaît ! Ne me prends pas pour une conne !

— J'ai juste donné mon avis !

— Non, t'as été hargneux !

— Pas du tout ! J'étais pas d'accord avec ton mec… J'ai le droit ou pas ? Tu peux admettre qu'il a dit des conneries quand même ?! Il a tout mélangé !

— Tu sais qu'il a géré toute cette histoire avec Ali Semsini, le jeune qui a tiré sur des élèves dans un lycée à Marseille ? Tu te souviens de ce truc ? C'était y a à peine deux ans !

— Oui, je me rappelle.

— Alors arrête de lui parler comme s'il n'était pas légitime ! Il connaît parfaitement ces sujets-là ! Lui, ce qu'il voit, ce sont des extrémistes, des jeunes sans repères, certains même qui sortent de prison, font de mauvaises rencontres et prennent un billet pour l'Afghanistan !

— Quel rapport entre la lutte antiterroriste et l'exclusion des filles voilées d'une école ? Quel rapport entre Ali Semsini et toi ? Tu crois que tu es un modèle pour des garçons dans son genre ?

— Je ne prétends pas être un modèle. Je pensais que tu ferais un effort pour apprendre à le connaître ! T'as passé ton temps à le contredire ! J'ai cru entendre maman !

— J'vais te dire, le problème, c'est que tu as une revanche à prendre ! J'ai rien à voir là-dedans. Maman, c'est maman, et moi, c'est moi.

— Je sais. J'ai compris, j'aurais pas dû dire ça… Mais fais un effort. Fais-le pour moi, sois gentil. Ça me tient à cœur.

— On a été séparés pendant dix ans ! Et là tu veux aller plus vite que la musique ! C'est tout juste si tu me demandes pas d'être témoin à ton mariage ! Tu ne peux pas m'obliger à m'entendre avec lui ou à partager vos opinions !

— J'ai jamais dit ça ! Mais, au moins, ne sois pas désagréable. J'étais tellement contente à l'idée de lui présenter un membre de ma famille…

— J'ai été si désagréable que ça ?

— Insolent, même. Tu sais, Mourad, il faut que je te dise, j'ai eu un problème de santé un peu délicat l'an passé, qui a causé une stérilité… Maintenant je peux plus avoir d'enfant… C'est quelque chose de vraiment douloureux pour moi. Ça fait mal dans la chair. J'ai le ventre creux, y a rien qui viendra jamais. Et Bernard, il est là, il m'épaule, il m'aime et s'occupe de moi. Au moins pour ça, il mérite que tu lui donnes sa chance… »

De la fumée de Philip Morris lui sortait des narines. Elle a ajouté en tirant de nouveau sur sa cigarette : « C'est sûrement con, mais j'me dis souvent que maman a gagné… parce que je pense à elle sans arrêt, à ce qu'elle aurait fait ou dit. Et tu sais, il y a quelques années, il y a eu cette grossesse que je ne désirais pas et c'était mon corps après tout. J'ai avorté, c'était pas le moment, j'en voulais pas, pas de cette manière-là, tu vois… Et aujourd'hui, j'entends la voix de maman qui me ricane dans l'oreille : "Tu es punie ! Tu paies pour ce que tu as fait !" »

Elle a eu un petit geste de la main, genre *laisse tomber, viens, on parle d'autre chose.*

Je lui ai posé la main sur l'épaule tandis qu'elle écrasait son mégot sous la pointe de son escarpin.

Peut-être qu'elle adopterait des enfants asiatiques.

Tartois ferait tout pour convaincre Dounia d'aller les chercher en Chine, il lui donnerait des arguments économiques et géopolitiques indiscutables.

Dounia m'a reparlé d'aller voir le padre.

Illico presto, en tapotant sur son BlackBerry, elle a réservé son billet : « C'est quoi, l'heure de ton vol, Mourad ? » Satisfaite, elle a dit : « C'est fait ! »

Après ça, elle a eu besoin d'aller aux W-C, elle y est restée un petit moment. Tout le monde la cherchait : l'ambassadeur, une directrice de cabinet et son Bernie chou.

Ma sœur est amoureuse de son Bernard, ça crève les yeux.

Elle y voit trouble, mais moi qui ai une vision de pilote de chasse, je peux dire que c'est un connard atypique.

D'ailleurs, je me demande si le psy qu'elle voit deux fois par semaine pense la même chose que moi, mais qu'il ne le lui dit pas à cause du devoir de réserve.

Ce qui me gêne chez les types comme Tartois, c'est leur bienveillance louche, leur racisme non assumé, leurs certitudes enrobées dans un vocabulaire choisi avec soin, et ces confusions volontaires qu'ils passent leur temps à semer. On verra bien ce que leur apportera la récolte.

Je déteste cette conviction que ce qu'ils ont à t'apprendre vaut mieux que tout ce que tu sais déjà.

Tartois serait du genre à dire à Babar : « Certes, tu as des mocassins vernis et un nœud papillon, mais regarde-toi un peu dans une glace, gros tas ! T'es un éléphant, mec ! Rien d'autre ! T'as pas remarqué que tu traînes partout ta grosse trompe et qu'elle pèse dans les cent kilos ? On ne voit que ça ! T'es rien d'autre qu'un éléphant, c'est comme ça que tu es venu au monde et c'est comme ça que tu vas crever. »

26

Le fruit qui tombe de l'arbre

Afin de me rendre la tâche plus simple, j'avais fait une petite fiche cartonnée pour chacun de mes élèves, j'y mentionnais les points forts et les points faibles dans deux colonnes.

Pour certains d'entre eux, il n'y avait rien, ni dans l'une ni dans l'autre. Il faut bien admettre que certains élèves sont transparents, et que dans deux ou trois ans je les aurai sûrement oubliés.

J'avais le trac, comme à chaque première fois.

J'étais installé dans ma salle, à mon bureau, et en attendant que les premiers parents arrivent, j'ai accroché deux stylos par leur capuchon à la poche extérieure de ma veste.

C'était un hommage, le plus bel hommage que je pouvais faire au padre.

Les parents du jeune Murugan Urvashi, de ma classe de quatrième 3, ont été les premiers à entrer.

J'ai pensé à madame Laurent, une prof de maths, qui avait dit un jour : « Tu verras, les parents indiens donnent des noms à coucher dehors à leurs gosses, mais ils sont toujours à l'heure aux réunions… »

Monsieur et madame Urvashi sont arrivés en souriant, Murugan, qui les dépassait d'une quinzaine de centimètres, les suivait de près, il baissait la tête, honteux, malgré son 16,75 de moyenne générale. J'ai trouvé son attitude surprenante. Il paraissait gêné.

Ses parents gigotaient du cou en m'écoutant, de droite à gauche. Ils faisaient ça de manière extrêmement régulière, presque comme s'ils suivaient un métronome. C'était peut-être un tic ?

J'ai dit quelque chose du genre : « Rassurez-vous, Murugan a de très bonnes notes en français, ça se passe bien, il est très intelligent ! »

Ils ont continué à me regarder en souriant bêtement.

Murugan est sorti de son silence, il m'a dit : « Monsieur, mes parents, ils parlent pas bien français, mais ils comprennent un petit peu… »

Je les ai regardés et j'ai fait ce geste débile du pouce, comme pour dire *super,* ça a fait son effet, ils ont ri un peu et semblé soulagés. Murugan a traduit quelques bricoles dans leur langue, ses parents étaient contents, ils ont ri encore, ils étaient remplis de fierté. C'était joli à voir. Ils m'ont remercié chaleureusement en me serrant la main avant de quitter ma salle, satisfaits.

Je m'aidais de mes fiches cartonnées, sur lesquelles étaient notés les mots-clefs. Les parents défilaient, plus ou moins impliqués, plus ou moins éreintés après leur journée de boulot.

La mère de Sylvestre Douville, les joues parsemées de taches de rousseur, s'inquiétait pour son fils unique : « Il n'était pas si complexé par ses cheveux roux en CM2 ! Des petits Noirs se moquent de lui dans sa classe ! Alors il me dit : "Maman, je veux être noir, chez les Noirs, il n'y a pas de roux !" »

J'ai fait remarquer à madame Douville que Sylvestre était excellent en rédaction. Il n'avait peut-être pas beaucoup de copains, mais il avait une imagination débordante.

Monsieur Rahim, dont le fils Saïd était un élève exemplaire, m'a dit en arabe : « S'il fait des bêtises, tu le tapes ! Hein ? Tu le tapes ! Après, tu me le dis et je le tape une deuxième fois ! »

Le père de Jonathan Krief, quant à lui, était remonté, il m'a engueulé : « Je veux que mon fils change de classe ! Celle-là est nulle. Et vous êtes en retard sur le programme ! » Ensuite, il s'est gratté la nuque et il m'a demandé : « D'abord, quel âge vous avez, vous ? 21 ans ? »

La maman d'Asma et Sarah Zerdad tenait ses filles par l'épaule, chacune d'un côté. La ressemblance était frappante. Elles avaient toutes les trois de grands yeux noirs et de longs cils. Les voir ainsi alignées, ça a fait remonter des images d'enfance, des images d'avant que tout ne se brise.

J'étais tellement enthousiaste que madame Zerdad y croyait à peine, elle embrassait les joues de ses filles, leur caressait les cheveux et souriait de toutes ses jolies dents.

J'ai dit : « Si je n'avais que des Asma et des Sarah dans mes classes, ce serait parfait ! »

Et puis j'ai ajouté : « Vous pouvez être fière ! »

Madame Zerdad a répondu, en regardant de nouveau la mention *Félicitations* sur les bulletins : « Je suis très très fière de mes enfants. Grâce à Dieu. » Puis en se tournant vers Sarah : « Papa va sauter de joie quand on va lui montrer tout ça ! »

Puis j'ai entendu des béquilles cogner lentement le sol.

Mehdi Mazouani avait encore la figure couverte d'ecchymoses. Des points de suture sur l'arcade sourcilière, et la jambe gauche plâtrée. Il me regardait fixement en avançant vers mon bureau. Je lui ai dit : « Ils t'ont pas raté, hein ? », et il a répondu : « Mmm. »

Alors, il s'est retourné et, ne voyant personne le suivre, il a crié : « Papa ! Papaaa ! Chuis là !! »

Un homme trapu, avec des petits yeux noirs et une épaisse paire de sourcils en bataille, est entré dans la classe. Il portait une petite sacoche en cuir sur laquelle il tapotait.

Il avait aussi une cigarette coincée derrière l'oreille, exactement comme Mehdi la première fois que je l'avais vu.

Il m'a serré la main mollement, puis a tiré la chaise pour s'asseoir.

Mehdi est resté debout malgré mon insistance. Il a dit : « J'suis pas fatigué, c'est bon, j'peux rester d'bout. »

Monsieur Mazouani clignait des yeux comme une biche. Je lui ai tendu le bulletin de Mehdi, qui n'était certes pas glorieux, mais qu'il n'a pas pris la peine de regarder. Il s'est contenté de le plier en quatre et de le fourrer dans sa sacoche en cuir.

« Vous savez, monsieur Mazouani, il faut qu'on discute sérieusement de l'avenir de Mehdi. Ce serait dommage qu'il gâche ses chances. Il faut réfléchir à quelque chose pour l'année prochaine…

— M'sieur, tu sais, mon garçon, je le sais comment qu'il est. J'ai l'habitude qu'il casse ma tête. Moi, je suis dans le carrelage. Ils cherchent toujours des jeunes pour plâtrier, chaufferie, faire le clim', tout ça. Ils donnent le boulot, les patrons.

— Mais peut-être qu'il a envie de faire autre chose ?

— Lui, il fait que les conneries encore ! Il fume la drogue ! Regardez, c'est moi que je l'ai cassé la gueule. Sa mère encore elle pleure ! Elle dit : il faut pas le taper ! Mais lui il comprend rien si on parle ! Il est pas intelligent comme ses frères et ses sœurs, lui, le dernier, c'est un accidenté. Il fait les conneries ! À 15 ans, il est un homme. En Tunisie, 15 ans, c'est des hommes, ça y est. Il faut trouver le boulot ! »

Toute cette histoire de la bande de gars à Maraîchers, Mehdi l'avait fabriquée de toutes pièces.

C'était évidemment plus glorieux que de se prendre
une rouste par un père qui te traite d'accident.

En y repensant, le padre n'avait jamais levé la
main sur aucun de nous ; même lorsqu'il était très
en colère, il se contentait de dire des mots.

« De toute façon, l'école est obligatoire jusqu'à
l'année prochaine.

— Même si je fais une autorisation ?

— Même. Il va prendre rendez-vous avec la conseillère d'orientation et on réfléchira ensemble à ce qu'il
va faire l'an prochain… D'accord, Mehdi… ? »

Blasé, Mehdi a seulement hoché la tête, mais
ses yeux disaient évidemment : « J'm'en bats les
yeuks. »

J'avais rassemblé mes affaires, et Miloud m'avait
raccourci les cheveux à la tondeuse.

Vrai coupe de blédard.

Je lui ai demandé de m'enlever le petit nid d'oiseau
qu'il avait laissé au-dessus, mais il a dit : « Tu connais
pas, toi ! C'est beau comme ça ! C'est *fachöne.* »

Quel brave type, ce Mario. Il avait fait des brioches
à la rhubarbe spécialement pour que je les emporte
à Nice. Un gars serviable, plein de petites attentions,
et propre sur lui par-dessus le marché.

J'étais à deux doigts de lui dire : « Mario, vous êtes
une mère pour moi. »

Est-ce qu'il l'aurait bien pris ?

Comme à l'aller, Miloud, mon cher cousin, m'a conduit à l'aéroport de Roissy-Charles-de-Gaulle, et, comme à l'aller, j'ai allongé les jambes dans sa Mercedes Classe C, tandis qu'il mettait du raï, volume au maximum.

Dans l'avion, encore des consignes de sécurité délivrées par une hôtesse de l'air ingénue.

Dounia était plongée dans son BlackBerry, son pouce flottant au-dessus des touches, elle lisait ses mails.

Elle m'a dit : « T'inquiète, je suis sur le mode avion. »

Cette fois, mon voisin de siège était un retraité. Il dormait profondément, la bouche très grande ouverte et le nez qui sifflait une mélodie. De profil, on voyait un maigre filet de bave et, dans son oreille, un appareil auditif qui s'emmêlait dans de longs poils blancs. Chaque fois que je vois des oreilles de vieux, je me dis : « Des oreilles de cet âge-là, ça a dû entendre pas mal de conneries. »

J'avais l'impression d'être en mission pour Scotland Yard.

Notre avion atterrissait à 16 h 45, mais j'avais dit à ma mère que j'arriverais à Nice à 19 heures. J'ai pensé que ça me laisserait le temps d'aller à l'hôpital avec Dounia, de voir le padre, de revenir à l'aéroport avec ma valise et de prendre la mine du type qui vient d'atterrir : fatigue, *jetlag*, tout ça.

« T'imagines s'il avait changé d'avis ? Peut-être qu'il n'a plus envie de me voir.

— Arrête de dire n'importe quoi.

— J'ai le trac.

— Tranquille. Te prends pas trop la tête. Ça va bien se passer.

— J'espère.

— Dounia ?

— Oui ?

— Combien tu pèses ?

— Qu'est-ce que c'est que cette question ?

— Je sais pas. T'es maigre, quand même.

— Ça se demande pas, ce genre de choses ! C'est comme l'âge !

— OK… J'voulais pas te vexer, désolé.

— T'as de ces idées, toi… »

J'ai remarqué que Dounia avait picoré son plateau-repas comme un moineau et qu'elle avait filé aux toilettes juste après.

Et en y repensant, elle était passée aux toilettes le jour où nous avions déjeuné au Flore, et elle y était restée un bout de temps. Sur le coup, j'avais mis ça sur le compte de la viande crue.

Pareil à l'ambassade de Suède, ça avait duré un moment, je m'étais demandé : « Elle fait quoi ? Une microsieste ? »

Est-ce que Dounia se fout les doigts dans la gorge ?

Ça me fait penser à ces reportages dans lesquels des filles décharnées, vides, épuisées, regardent leur assiette avec tristesse en repoussant un morceau de tomate avec les dents de leur fourchette.

Peut-être qu'elle se déteste, qu'elle a honte de son

corps ? Qu'elle ne se voit pas telle qu'elle est ? (C'est-à-dire maigre.)

Voilà, maintenant je regarde Dounia et je l'imagine en train de vomir.

27

La ligne d'arrivée

Les sportifs me fascinent. La manière qu'ils ont d'aller au bout, de se dépasser, de repousser leurs limites.

C'est toute une culture, ces grandes compétitions retransmises à la télévision nationale, le tableau des records, le regard de l'athlète dans son ultime effort, la victoire et le gros plan sur la médaille d'or.

Je suis nostalgique de ces moments virils que je partageais avec le padre devant le poste de télévision.

Je me rappelle le visage de Noureddine Morceli remportant le 1 500 mètres aux J.O. d'Atlanta.

Ce jour-là, le padre a pleuré. J'en suis certain. Je suis sûr de l'avoir vu pleurer, même s'il a prétendu le contraire.

Il a nié en bloc, en reniflant : « Ça va pas la tête ! J'ai une sinusite ! »

Le commentateur algérien, lui, n'avait pas honte

de pleurer, il criait : « Ouuui ! Ouuui ! Morceliiiiiii !
Morceliiii ! Titre olympique pour l'Algérie !!!! En
3 minutes 35 secondes et 75 centièmes ! »

El Guerrouj, le Marocain, détenteur de la meilleure
performance mondiale, était donné favori. Placé aux
avant-postes de la course, le pauvre a fait une chute
au dernier tour, qui lui a été fatale. Sur Canal Algérie,
ils ont passé la scène au ralenti, plusieurs fois. Et aussi
l'image où El Guerrouj s'effondre en pleurant.

Ce moment, je ne l'oublierai jamais. Le visage de
Noureddine Morceli, son air incrédule alors qu'il
reprenait son souffle, l'hymne national algérien réson-
nant dans le stade, la « sinusite » du padre et le dra-
peau qui flottait sur leurs épaules à tous les deux, l'un
à Atlanta, l'autre dans son salon, à Nice.

Dounia a suggéré qu'on loue un véhicule à notre
arrivée à l'aéroport.

Chez Europcar, vous louez plus qu'une voiture.

Qu'est-ce qu'ils donnent de plus que les clefs et le
plein d'essence ?

L'employé a dit : « Il ne me reste qu'une Twingo
trois portes, ça vous va ? »

Dounia a répondu : « C'est égal ! »

Comme c'était joli. Je crois que c'est la première
fois de ma vie que j'entendais quelqu'un dire dans la
vraie vie : « C'est égal. »

Nous n'avions qu'une dizaine de kilomètres à par-
courir.

Dounia conduisait si nerveusement que ça faisait
des à-coups, l'arrière de mon crâne se cognait contre

l'appuie-tête tandis que les mains osseuses de ma sœur serraient le volant.

Elle a dit : « Y a une paie que j'ai pas conduit ! À Paris, je suis tout le temps en taxi ! »

Au détour d'une rue qui surplombait la ville, on a aperçu un morceau de Méditerranée.

J'ai pensé à Mehdi Mazouani et je me suis dit que grandir au bord de la mer, c'est quand même une chance.

À l'heure qu'il était, ma mère devait être en train de préparer un dîner gargantuesque. La table déborderait de nourriture, il y aurait au minimum : du pain *matlouh,* du jus d'avocat, des poivrons grillés, de la salade, des aubergines frites, de l'agneau en sauce avec des pruneaux et des amandes, du poulet au safran à la broche et des pommes de terre sautées.

Et après m'avoir vu m'empiffrer à m'en boucher les artères, elle me dirait tout de même, vexée : « T'as rien mangé, mon fils ! Qu'est-ce qu'il y a ? Tu es malade ? Tu as de la fièvre ? »

Mina, une maniaque, aurait nettoyé la maison, désinfecté les toilettes et passé la serpillière partout. Une odeur d'eau de Javel et de Saint-Marc citron me chatouillerait les narines en passant la porte d'entrée.

Les enfants auraient grandi un peu, ils me sauteraient dessus en criant : « Tonton ! Tonton ! T'es revenu ! »

Sur le mur du salon, je regarderais avec émotion nos diplômes encadrés avec fierté par le padre.

La maison m'a manqué.

Pendant ce temps, Dounia serait seule dans son petit appartement niçois avec balcon. Elle enchaînerait les cigarettes, gonflant son ventre vide de fumée et *checkant* ses mails en attendant le coup de fil de Tartois, occupé avec ses copains de l'Assemblée.

Lorsque nous sommes arrivés dans le service de réadaptation physique, Dounia m'a dit : « J'hallucine, j'ai les genoux qui tremblent. »

Dans la chambre, le padre était de dos, face à la fenêtre, il regardait tomber les premières gouttes de pluie de la journée.

Le padre a toujours aimé la pluie, il allait respirer l'odeur de la terre mouillée dans son jardin chaque fois qu'il pleuvait.

Les volets étaient mi-clos et son voisin de chambre était un monsieur âgé, un Indien, qui nous regardait fixement, immobile.

Dans sa blouse d'hôpital, le padre avait les épaules voûtées et il m'a semblé que ses tempes avaient blanchi davantage.

Dounia a mis ses deux mains sur sa bouche, comme si elle s'empêchait de hurler, ses yeux débordaient de larmes, j'ai pensé à un fleuve après une crue inhabituelle.

J'ai dit : « Papa ! »

Il s'est retourné, lentement, et les roues du fauteuil ont couiné sur le lino vert. J'ai foncé l'embrasser, sur les joues et sur le front.

Il a dit doucement : « Ça va, mon garçon ?! »

Ensuite, en me montrant un prospectus sur la table de chevet, il a ajouté : « Je t'attendais pour me lire ce papier avec l'accent de journaliste... »

Dounia, qui se cachait presque derrière moi, lui a posé la main sur l'épaule. Elle était toute tremblante, les joues pleines du sel de ses larmes, une tristesse archivée quelque part à l'intérieur d'elle depuis plus de dix ans.

Après quelques secondes, le padre l'a enfin reconnue. Il a eu cette expression de joie et d'incompréhension mêlées, tout comme Noureddine Morceli en 1996, à la ligne d'arrivée.

Sa figure s'est déformée, alors il s'est mis à pleurer, mettant sa pudeur de côté, libérant ses sentiments profonds, allant pour une fois contre son commandement fondamental : *Un homme, ça ne pleure pas.*

Son front était complètement plissé, il pleurait dans le thorax de sa fille, le visage coincé entre ses os.

La maladie, la mort, la gravité de la vie font oublier les rancœurs, temporairement.

Quelques minutes plus tard, le padre, comme obsédé, regardait sur la table de chevet de son voisin de chambre.

Il nous montrait du doigt une petite statuette.

« Dites-lui qu'il l'enlève ! Je veux qu'il enlève ça de là ! »

Le vieil Indien s'est mis à grimacer en hurlant, il a attrapé sa statuette et l'a serrée contre sa poitrine.

« Ça, Ganesh ! Pas toucher ! Ça Ganesh ! »

Le padre avait l'air furieux. Il a dit à Dounia :

« Attends qu'il s'endorme, je vais la prendre sa statue de malheur et je vais la briser contre le mur ! »

Dounia en lui caressant la main a répondu : « Ne te fâche pas, papa. Peut-être qu'il en a besoin… »

Le padre a secoué la tête, contrarié.

« Besoin d'une statue pour quoi faire ? Hein ? À cause de son éléphant, les anges ne vont pas entrer dans ma chambre ! C'est pour ça qu'il a les yeux grands ouverts, ce *hindi*, tous ses vaisseaux sanguins ont éclaté, regarde-le ! Il ne dort pas depuis deux jours parce qu'il sait que je vais la casser, sa statue ! »

Le vieil Indien continuait de serrer son Ganesh contre son cœur, les yeux exorbités.

De nouveau, il a crié : « Haaaaaaaaa ! Ça, Ganesh ! Ça, Ganesh ! Pas toucher ! » en faisant un mouvement avec son cou, de droite à gauche, d'une manière extrêmement régulière, exactement comme les parents du petit Murugan Urvashi quelques jours plus tôt.

Tout ce vacarme avait ameuté le service au grand complet.

Une jeune infirmière est entrée dans la chambre, blasée, une main posée sur la hanche.

« Bonjour messieurs, bonjour madame !… Bah alors ! Qu'est-ce qui ne va pas, monsieur Chennoun ?! !

— C'est lui qui a commencé ! L'hindou ! C'est lui qui a commencé !

— Hé ho ! L'hindou, il a un nom, je vous l'ai déjà dit… Il parle peut-être pas français, mais il entend très bien ! Il s'appelle monsieur Ishana ! »

Le vieil Indien en entendant son nom a exorbité ses yeux davantage.

« Je veux pas connaître son nom ! Je m'en fiche pas mal de son nom !

— Pourquoi vous vous disputez comme ça ?! Je croyais que ça vous ferait plaisir d'avoir un copain de chambre !

— J'ai pas besoin de copain ! »

Le vieil Indien a embrassé sa statuette de Ganesh en regardant mon père, les yeux injectés de sang.

« Tu l'as vu, Mourad ? Hein ? Tu l'as vu ! Il a fait exprès ! Allié du démon ! Il me cherche ! Attends que je me mette à remarcher ! Je te ferai la peau, l'hindou ! »

Le padre était comme un enfant.

Dounia semblait bouleversée mais heureuse de le revoir, elle m'a dit : « Je pensais pas que c'était à ce point ! »

Le padre a dit en la regardant : « Ah voilà ! Tu es revenue ! Je peux mourir tranquille ! »

Elle a caressé son bras mort, sans pouvoir répondre, elle a murmuré : « Pardon, papa… »

L'ultime destination

Une pluie fraîche s'était mise à tomber. Il y avait cette bonne odeur de terre mouillée, une atmosphère humide et un silence étonnant.

L'eau tombait sur nos têtes, alourdissant les branches des oliviers et emmenant avec elle les déchets de la ville le long des rigoles. Tout autour de nous annonçait un recommencement.

Lorsque je me suis retourné, quelques mètres derrière Mina, ma mère et mes tantes, j'ai vu Dounia sécher ses larmes dans son foulard. Sa djellaba, trop longue, traînait dans la boue.

Ma mère lui a tendu la main et l'a tirée vers elle, affectueusement.

Oui, la maladie, la mort, la gravité de la vie font oublier les rancœurs, temporairement.

À notre arrivée, l'une des sœurs du padre pleurait si fort qu'elle a fini par s'en mordre la main. Entre deux sanglots, elle a crié : « Vous nous le ramenez dans une boîte ! Vous nous le rendez couché dans une boîte ! » Si on ne l'avait pas retenue, elle se serait jetée sur le cercueil.

Les femmes ne nous ont pas suivis pour la mise en terre, elles se sont engouffrées dans la maison, où il m'a semblé apercevoir des millions de silhouettes qui se consolaient mutuellement.

Quant à nous, les hommes, nous nous sommes dirigés vers le cimetière, l'air grave. À l'avant du cortège, le cercueil porté par des volontaires.

Nous le suivions.

Et nous serons les suivants, oui, la même idée nous obsède tous : « Le cimetière, c'est là notre ultime destination. »

Les nuages gonflaient à vue d'œil, dans des nuances infinies de gris. Je n'avais jamais vu le ciel algérien en dehors de l'été.

Un vendeur ambulant courait en poussant sa brouette en bois, sur laquelle il avait aligné ses sardines, pêchées le matin même à Beni Saf. Il a croisé notre procession et a cessé de courir sur quelques mètres, par respect.

Il y avait bien deux cents personnes dans le cortège, et toutes marchaient la tête baissée, comme si la lourdeur du ciel leur affaissait la nuque.

On ne croirait pas comme ça, mais les nuages pèsent des tonnes.

Évidemment, je regardais les paires de chaussures des uns et des autres et, si on compte à l'unité, ça en

faisait au moins quatre cents. On est fils de cordonnier ou on ne l'est pas.

Les gens me disaient : « Nous appartenons à Allah
et c'est à Lui que nous retournons », la moitié d'entre
eux, je ne les connaissais pas, mais peu importe. À la
mosquée de Nice, la veille du départ, des tas d'inconnus étaient venus prier sur le padre avec moi, et cela
faisait d'eux mes frères, moi qui n'en ai pas eu.

Son corps étendu dans le cercueil était un rappel
pour nous tous, pour moi son fils, comme pour ces
hommes qui serraient les rangs de la prière funéraire.
Un jour, ce serait notre tour d'être allongés dans un
cercueil, inévitablement.

À la chambre mortuaire, en embrassant son front
glacial, j'avais pensé que le padre quittait simplement
la prison qu'est ce bas monde un peu avant nous
autres et qu'un jour on se retrouverait, si Dieu le veut.

J'ai trouvé son visage lumineux, après le lavage
rituel, on l'avait enduit de musc et on avait mis des
pétales de roses dans son cercueil. Dans son linceul,
il avait l'air d'un prince.

Chaque seconde, je pensais me retourner et l'apercevoir dans la foule, entourant la tombe du mort, un
mort qui ne serait pas lui.

Le mort, ce serait quelqu'un d'autre, quelqu'un
dont la disparition nous rendrait un peu tristes, sans
plus. En tout cas, ça ne ferait pas si mal que ça.

Un infarctus du myocarde, en pleine nuit, vers
3 heures du matin. L'annonce maladroite d'un infir-

mier au téléphone, mes larmes qui coulent sur l'écran tactile de mon téléphone, des torrents de larmes, et la question que je me pose inévitablement : « Mais pourquoi un homme, ça ne pleure pas ? »

Il est parti sans que j'aie eu le temps de le lui demander.

J'ai reçu des messages de condoléances de Liliane, Miloud, et même d'Hélène. Et je n'en avais rien à faire de la compassion des autres, ça me paraissait inutile.

Si je devais dire une dernière chose à son sujet, je le ferais avec un accent de journaliste : *le padre était peut-être illettré, mais il savait me lire mieux que personne.*

Désormais, il nous faut repartir de zéro.

Mais c'est toujours la même rengaine : personne ne repart jamais de zéro, pas même les Arabes qui l'ont pourtant inventé, comme disait le padre.

Faïza Guène
dans Le Livre de Poche

Du rêve pour les oufs n° 30491

Il vient te chercher en bas de chez toi dans sa Ford Focus gris métal […] il est glamour, ça te plaît, tu l'aimes. Il t'annonce qu'il t'emmène au resto, tiens, ça n'arrive pas souvent. […] Mais au milieu de ta salade minceur, il t'explique qu'il a rencontré quelqu'un d'autre, que c'est une nana géniale et qu'il s'en va avec elle à Grenoble. […] Et en passant, on partage l'addition ? (F. G). Ahlème a vingt-quatre ans, toutes sortes de problèmes… Mais, de sa cité d'Ivry à son Algérie natale en passant par les cafés parisiens, elle ne peut s'empêcher de promener un regard amusé sur ceux qui traversent sa vie. Ces « oufs » qui la font rire…

Kiffe kiffe demain n° 30379

Doria a quinze ans, un sens aigu de la vanne, une connaissance encyclopédique de la télé, et des rêves qui la réveillent. Elle vit seule avec sa mère dans une cité de Livry-Gargan, depuis que son père est parti un matin pour trouver au Maroc une femme plus jeune et plus féconde. Ça, chez Doria, ça s'appelle le *mektoub*, le destin. Alors, autant ne pas trop penser à l'avenir et profiter du présent avec ceux qui l'aiment ou font semblant. Sa mère d'abord, femme de ménage dans un Formule 1 de Bagnolet et soleil dans sa vie. Son pote Hamoudi, un grand de la cité, qui l'a connue

alors qu'elle était « haute comme une barrette de shit ».
Mme Burlaud, sa psychologue, qui met des porte-jarretelles
et sent le Parapoux. Les assistantes sociales de la mairie
qui défilent chez elle, Nabil le nul, qui lui donne des cours
particuliers et en profite pour lui voler son premier baiser.
Un roman plein de sève, d'humour et de vie.

Les Gens du Balto n°31623

Jusqu'à ce fameux samedi, il ne s'était jamais rien passé
d'extraordinaire à Joigny-les-Deux-Bouts, petite bourgade
tranquille en fin de ligne du RER. Yéva, minijupe et verbe
haut, rêvait toujours d'une autre vie. Jacquot, son mari,
chômeur, creusait une fosse dans le canapé à force de jeux
télévisés. Leur fils Yeznig, déficient mental, recomptait ses
dents après chaque repas. Son frère Tanièl, renvoyé du
lycée pour avoir abîmé le conseiller d'orientation, peaufinait sa technique pour serrer les blondes. Bref, la routine
pour ces habitués qui, un matin, découvrent le patron de
« leur » bar, baignant dans son sang. Un drame ? Pas pour
les gens du Balto. Avec ce roman choral, Faïza Guène
dévoile de nouvelles facettes de son talent.

Le Livre de Poche s'engage pour
l'environnement en réduisant
l'empreinte carbone de ses livres.
Celle de cet exemplaire est de :
450 g éq. CO$_2$
Rendez-vous sur
www.livredepoche-durable.fr

PAPIER À BASE DE
FIBRES CERTIFIÉES

Composition réalisée par NORD COMPO

Achevé d'imprimer en août 2021 en France par
La Nouvelle Imprimerie Laballery
Clamecy (Nièvre)
N° d'impression : 106837
Dépôt légal 1re publication : mars 2015
Édition 11 - septembre 2021
LIBRAIRIE GÉNÉRALE FRANÇAISE
21, rue du Montparnasse – 75298 Paris Cedex 06

87/5558/0